# 官商鬥法

第二輯

之1

## 權力障眼法

# 目錄

CONTENTS

## 【前情提要】

商場如戰場，官場實則更是一個權力的博奕場。當傅華從地級市長的秘書躍升為北京權力中心的駐京辦主任之後，他的人生也面臨了許多變化。招商工作創下佳績，讓他迅速在駐京辦站穩腳步，又結識了集團千金趙婷，更與趙婷步上禮堂，成為人人羨慕的豪門女婿，一切都看似幸福美滿。

然而，人生不可能永遠處於高峰，隨著上級長官的更替，他也不自覺地陷身於政治風暴中，更因過度投入工作，疏於對趙婷的照顧，竟讓趙婷琵琶別抱，王子與公主的夢幻婚姻也宣告破局，人生瞬間跌入谷底。種種的打擊，傅華在這場官商鬥法的戰爭中，可說傷痕累累。所幸在貴人相助之下，難關一一化解，他也力圖振作，後又與政黨大老的孫女鄭莉再婚，開始新一段的人生歷程。

在未來，他還會遇到什麼樣的挑戰與官鬥呢？他的駐京辦主任一職，能一直順利做下去嗎？而傅華與鄭莉之間，隨著趙婷帶兒子返京定居後，又投下一顆震撼彈，他們的感情是否會發生變化？一場風暴即將來臨，只是當事人目前都還渾然不知……

## 第一章

# 粉紅誘惑

林珊珊說：「沈姐，你身上的香水是『真我』系列的淡香水對吧？」
沈佳點點頭。林珊珊得意地說：「那沈姐你猜我用的是什麼？」
沈佳聞了聞說：「玫瑰花的優雅柔媚和覆盆子的濃郁甜香，粉紅誘惑？！」

東海省君和縣。

夜已經很黑了，錢總偷偷的來到劉建的家中，敲開了劉家的大門。

劉建開門往四周看了看，確信周圍沒人了，這才讓錢總進了屋，隨即趕緊拴上了門。

錢總邊走便問劉建：「老穆在這裏過得還好嗎？」

劉建低聲說：「還行吧，前些日子有些煩躁，這幾天已經把性子磨得差不多了，也就沒那麼煩躁了。」

錢總嘆了口氣，說：「哎呀，他還是早點習慣這種日子比較好。誒，老劉啊，你的鄰居沒有人注意到他吧？」

劉建搖搖頭，說：「沒有，家裏只要是來了人，他就躲起來，只有晚上才會出來在院子裏透透氣。」

說話間，兩人進了屋，劉建走進裏屋去，裏屋的炕下面有一個農家窖地瓜的地窖，劉建衝著裏面喊道：「老穆啊，錢總來了。」

穆廣從窖裏竄了出來，在黯淡的燈光下，錢總看到了一個面色慘白的穆廣，往昔穆廣臉上那種神采飛揚不見了，取而代之的是萎靡的頹敗之色。錢總心想：早知今日，當初何必對關蓮下那種狠手呢？要不然你現在還是好好的一個副市長呢。

穆廣衝錢總強笑了一下，說：「老錢啊，你可算想起我來了，你再不來，可真是要悶死我了。」

錢總苦笑說：「老穆啊，這兒我也不能常來啊，現在外面找你找得厲害，萬一要有人盯上了我，我來這裏，你也就不安全了。」

穆廣說：「我知道，我知道。快，跟我說說外面的情形。現在外面怎麼樣了？」

錢總坐了下來，說：「現在外面風聲很緊啊，因爲你的脫逃，檢調單位被網上的線民罵了個半死，省委書記郭奎還跟下面的同志拍了桌子，要嚴厲追查洩密的人，要求他們限期緝拿你歸案。公安部門也對你發出了通緝，所以你這段時間最好還是少露面吧。」

穆廣面露無奈說：「我也不敢露面啊，我現在晝伏夜出，跟個鬼一樣，也苦了老劉一家人了，跟著我擔驚受怕的。」

劉建聽了，笑笑說：「老穆，這樣的話你就不要說了，當初你幫過我，現在我幫你也是應該的。」

穆廣看了看錢總，說：「可這樣下去總不是個辦法啊？老錢，最好是能想個一勞永逸的辦法出來，不然的話，就算我沒被抓住，悶也悶死我了。」

「可是有什麼辦法呢？」錢總一時也想不出什麼好辦法。

穆廣問：「能不能想辦法把我弄出國啊？」

錢總驚訝的說：「你想偷渡出國？」

穆廣說：「是啊，我聽說很多人蛇集團有偷渡的辦法，只要找到認識的人，就能混出國的。」

錢總為難地說：「問題是我也沒認識什麼搞偷渡的人啊，何況偷渡越境被抓到的話也很危險。」

穆廣苦笑說：「我現在不也很危險嗎？」

錢總想了想，穆廣說的也不是沒有道理，劉建這裏並非久留之地，況且穆廣待在這裏，對他來說始終是個很大的隱患，如果日子久了，穆廣放鬆了警惕性，說不定會露出蛛絲馬跡來。便說：「那好吧，我找朋友問問看，看能不能搭條路出來。」

穆廣催說：「那你快一點啊，我在這裏悶死了。誒，你知道市裏面現在是誰接了我的位置嗎？」

錢總看了眼穆廣說：「你現在還關心這個啊？」

穆廣無奈地說：「我也就是閒得無聊嘛，打聽一下不行嗎？」

錢總回說：「是有人接了，不過不是市裏面的人，而是從農業部下來的一個處長，叫什麼孫守義的，接了你的位置。」

穆廣愣了一下，說：「孫守義？我沒聽錯吧？」

錢總說：「是啊，你沒聽錯，就是孫守義。怎麼，你認識他？」

穆廣說：「他是我很好的朋友，你還記得我們逃命時，我打了一個電話回北京嗎？那時就是打給他的。這傢伙怎麼會被調來海川了呢？」

錢總說：「聽說是交流幹部，他就被交流下來了。」

穆廣說：「他下來任副市長，等於是被提升了一級，被重用了。老錢，這個人很講義氣，你如果有需要的話，可以去找他。」

錢總苦笑說：「我怎麼去找他啊，我去找他，只能說認識你，那樣被人懷疑我知道你的行蹤不說，人家肯不肯幫忙還不一定呢。」

穆廣嘆了口氣，說：「你說的倒也是，我現在這個狀況很多人避之唯恐不及，你打著我的旗號去找他，他反而會回避你。」

錢總結論說：「行了老穆，你現在就想你自己的事吧，我的事我自己有計劃的。」

最近這段時間，錢總三不五時的就跑去省城，每次去，只要金達不在省城，他就會去看一下萬菊，順手給萬菊帶點禮物，有時是給萬菊的，或者是給萬菊兒子的，禮物都不貴。

萬菊已經習慣了他每次都帶禮物，接受起來也就不那麼困難，反而有點理所當然的感覺了。因此錢總覺得計畫算是進行的很順利，可以考慮讓萬菊接受一些貴重的禮物了。

穆廣點點頭說：「是啊，我現在自顧尙且不暇呢。老錢，那我家裏怎麼樣？」

錢總說：「你家裏沒什麼事，只是被你這件事搞得有點抬不起頭來。我去見過你老婆，問她有沒有需要幫忙的地方，她都說沒有。」

穆廣嘆了口氣，說：「我對不起我家裏的人啊，老錢，可能的話，你幫我照顧他們一下。」

錢總說：「這你放心，我會盡力照顧好你的家人的。」

「那我就放心了，就算是有點什麼意外，我也會安心的去了。」穆廣語帶淒涼地說。

錢總勸說：「老穆，你別說這麼喪氣的話好不好，不是還沒到那一步嗎？」

穆廣苦笑了一下，說：「我雖然不想走到那一步，可是也不是沒有那種可能。老錢，我知道你在擔心什麼，你放心，萬一真的到那一步，我一定自己承擔起全部責任，絕不會牽累你。」

聽穆廣說得這麼仗義，讓錢總心裏酸酸的，他拍了拍穆廣的肩膀，說：「你別這麼說，只要有可能，我一定會想辦法幫你度過這個難關的。」

穆廣感激地說：「好，老錢，我沒看錯人。」

週末。傅華和鄭莉帶著玩具去了趙凱家。

傅昭雖然跟他還是有點陌生，可是很快就被玩具吸引，跟傅華和鄭莉玩在了一起。

趙婷躲在房間裏沒有出來，問John，John說趙婷還沒起床呢。

鄭莉笑笑說：「John，平常都是你在陪小昭玩啊？」

John點點頭說：「小婷沒有耐性，小孩子耍起脾氣來她就煩了，所以都是我在哄小昭玩。」

鄭莉轉頭對傅華說：「你看，還是人家John好，你們這些男人有幾個有這麼大的耐性啊。」

傅華笑了笑沒說話，心想這個John可能就是太好了，趙婷才會覺得煩吧？男人有時候就是要有個男人的樣子！哪有老是纏在老婆身邊的，老待在女人旁邊，女人也會覺得你太娘娘腔了。

John看了看傅華，說：「傅，我要告訴你一件事，我和小婷決定留在北京長住了，以後你們就可以常來看小昭了。」

傅華跟鄭莉對視了一眼，對John這麼容易接受這件事情都不意外，傅華笑笑說：「好哇，我還擔心你和趙婷很快就要回澳洲，我和小莉沒辦法跟小昭相處了呢。」

鄭莉忍不住問John：「可是這下子你就要離開熟悉的環境來中國生活了，你能習慣嗎？」

John很陽光地說：「沒問題的，小婷和她的家人都會照顧我的，我相信我一定很快就會適應的。」

既然John都覺得沒問題，這下兩人也無話可說了。

John看了看傅華，說：「傅，有件事我想問問你，小婷的爸爸跟我談過，說既然我要跟小婷留在北京，他希望我能去通匯集團幫他的忙，你說這樣子好不好啊？」

這個男人還真是沒什麼主見，傅華奇怪當初趙婷爲什麼看上了他呢？難道只因爲自己疏於照顧她，她反叛心理發作，於是選了一個對她百依百順的男人？

他心中有些不屑，表面上還是笑笑說：「這個你沒問趙婷嗎？她是什麼意見呢？」

鄭莉聽得出來傅華是在譏誚John沒有自己的思想，做什麼都聽趙婷的。

John卻不覺得有什麼，說：「小婷說她不管，讓我自己拿主意，所以我才想聽一下你的意見。」

傅華覺得這對John倒是一件好事，進入家族公司，一方面可以幫趙凱分憂，又跟趙婷家維持一個密切的關係，再是也可以迅速融入北京的生活，也許他就能在趙婷面前表現出他男人的一面了。便笑笑說：

「我覺得挺好的，爸爸早就覺得身邊沒有幾個人能幫他，你是他的女婿，能幫他，他一定很高興的。」

這時趙婷走了過來，看到傅華和鄭莉，問說：「你們什麼時候來的？」

鄭莉笑笑說：「來了有一會兒了，小昭真的很可愛啊。」

趙婷說：「小孩乖的時候是很好玩，不過他要是耍賴起來也是要人命的，要不然你和傅華也生一個試試。」

鄭莉抬頭看了看傅華，傅華笑說：「你想要孩子，我沒問題啊，只要你同意，隨時都可以。」

鄭莉滿臉幸福的靠在傅華身上，趙婷臉色微微變了下，忍不住說：「好了吧，你們就別在我面前這麼肉麻了。」

趙婷說著坐到了John的身邊，問John說：「剛才你跟傅華在聊什麼啊？」

John笑笑說：「我把你父親讓我去通匯集團的事跟傅說了，問他的意見，傅說他覺得這樣很好，還說如果我去幫你父親，你父親一定很高興。」

趙婷臉沉了下來，不高興的瞅了傅華一眼，然後對John說：「John，這種事你自己決定不了嗎？你去問傅華幹什麼？他是你什麼人啊？他能替你決定嗎？」

John不知道自己做錯了什麼惹得趙婷生氣，有點慌了，說：「婷，你不高興了？我是覺得傅跟你父親很熟，也許他能給我一個很好的建議。」

趙婷越發不高興了，說：「什麼你父親你父親的，他是我的爸爸，也就是你的爸爸，你一定要分得這麼清楚嗎？話又說回來，我父親請你去他的公司工作，他是爲了你好，難道他還會害你嗎？你這樣子去問一個外人，算是什麼意思啊？」

John緊張得有點手足無措，兩手比劃著說：「婷，我沒說你父親不是我父親，我不知道你會對這件事情這麼不高興。好，我跟傅收回我的問話，你別再生氣啦。」

趙婷卻還不肯罷休，瞪著John說：「我能不生氣嗎？這件事，你要去就去，要不去就不去，我爸爸又沒逼你，你問張問李的，有沒有一點男子氣概啊？」

傅華注意到這時傅昭露出害怕的表情看著趙婷，知道趙婷嚴厲的口氣嚇著了孩子，就在一旁勸說：「小婷，你別這樣子，你嚇著小昭了。」

鄭莉趕忙把小昭拉進了懷裏，說：「小昭，別害怕，媽媽跟John鬧著玩呢。」

趙婷也覺得自己在傅昭面前有點過分了，對鄭莉笑了笑說：「莉姐，我也是氣John一點主見都沒有，一時沒注意到小昭。小昭，來，到媽媽這裏來，別纏著阿姨了。」

傅昭看了看趙婷，說：「不要，媽媽好兇啊，我不過去，我要跟阿姨玩。」

趙婷就有些下不來台了，她回頭看了John一眼，John向傅昭伸出手來，說：「小昭乖，媽媽是跟我逗著玩的，你過來，我陪你玩。」

這下子小昭便乖乖的跑過去，跟John玩在了一起。

傅華不悅的看了趙婷一眼，顯然傅昭跟John更親一些，可見平時趙婷並沒有花很多心思照顧兒子。

傅華心裏彆扭了起來，原本他以爲兩人離婚後，傅昭跟著趙婷生活對傅昭是一個比較好的安排，現在看來似乎並不是這樣。當初爲了兒子，他應該再堅持一下的，也許沒有離這個婚，也不至於被弄得這麼尷尬，還被趙婷當面指責是外人。

傅華見小昭跟John玩得很好，根本就不再來搭理他，他越發顯得像個外人，面色沉了下來。他看了鄭莉一眼，說：「小莉，我們走吧，你不是說還有事情要處理嗎？」

鄭莉愣了一下，看到傅華衝著她眨眼睛，知道傅華是不想再待下去了，於是說：「對啊，你不說我都忘記了，趙婷、John，我和傅華要回去了。」

John說：「這麼快就要走啊？你們不陪小昭多玩一會兒？」

傅華說：「我們還有事，就不陪他了。小昭，跟爸爸和阿姨再見。」

傅昭向兩人擺了擺手，說了聲再見。

趙婷看了傅華一眼，說：「怎麼連飯都不吃就要走了？」

傅華冷笑了一下，說：「不用了，我都被說成是外人了，再留下來就太不知趣了。」

John看傅華這麼說，趕忙幫趙婷解釋說：「傅，那句話是婷生我的氣才會那麼說的，你別介意。」

趙婷卻不容John幫她解釋，很生氣的說：「他要走，你就讓他走，跟他解釋什麼，他對我們家來說就是外人，我們的家務事什麼時候輪到一個外人來指手畫腳了？」

傅華搖了搖頭，那個不講理的趙婷又出現了。他拍了一下John的肩膀，說：「好了，你別為難了，我們走啦。」

John還想說什麼，卻被趙婷惡狠狠地給瞪了回去，只好看著傅華和鄭莉走了出去。

出去之後，鄭莉看了看傅華，說：「你跟小婷生什麼氣啊？她總是小昭的媽媽，你還打不打算再來看小昭了？」

傅華忿忿地說：「我看不慣小婷那個樣子，明明是在欺負John嘛。」

鄭莉笑說：「人家是夫妻，一個願打一個願挨，你生哪門子氣啊？」

傅華抱怨說：「這個John也是的，脾氣怎麼就這麼好啊，我擔心這樣子下去，趙婷真的會跟他分開。」

鄭莉搖搖頭，說：「我倒不覺得，其實認真想想，John這個樣子倒是對付像趙婷這樣的女人最好的方式。」

傅華愣了一下，說：「怎麼說？」

鄭莉分析說：「你想，不管趙婷怎麼發脾氣，John就是不氣惱，他那個樣子我看著都可憐，我想趙婷的心思也不壞，到最後她恐怕也無法跟John說出什麼太決絕的話來的。」

傅華想想，鄭莉說得也不無道理，趙婷要回北京生活，John二話不說就答應了，不管趙婷說什麼，John都老老實實的聽著，John就像一團棉花，趙婷再怎麼鬧，也都像拳頭打到了棉花上無處著力。看來自己還真是低估了John的智慧，也許這種方式真是對付趙婷最好的辦法，反之自己當初跟趙婷硬碰硬的方式，才會鬧得兩人不得不走到決裂的那一步。

傅華說：「小莉，你這麼一說，我還真覺得有道理，趙婷碰到John，算是碰到冤家對頭了。」

鄭莉笑笑說：「所以啊，你剛才生氣真是沒必要，人家夫妻的事你瞎摻合什麼啊！這下好了吧，趙婷生你的氣了，你要怎麼再去見小昭啊？」

傅華想了想說：「我考慮過了，回頭我跟趙婷商量一下，以後就約個時間，把小昭帶出來玩，省得老看他們夫妻的臉色。只是不知道你有沒有什麼意見？」

鄭莉笑笑說：「小昭是你的兒子啊，我當然不會反對你這麼做，只是趙婷可能會氣壞了。」

傅華說：「趙婷那邊我會安排好的。」

兩人正說話時，傅華的手機響了起來，一看是林珊珊的電話，他以爲中天集團有什麼決定了，趕忙接通了，說：「珊珊，你父親研究去海川投資的事情了嗎？」

林珊珊笑說：「誒，傅哥，今天是週末啊，你能不能放鬆一下，不要老談工作啊？」

「我一直在關切這件事呢，你快告訴我結果吧。」傅華催促說。

林珊珊無奈地說：「真是怕了你了，我父親倒是跟股東們研究過了，可是股東們的意見不一，有人說，雖然北京投資額很大，可是回報也比較大，反之，海川的房地產業一直是不冷不熱的，報酬率不一定會好；再說，去一個陌生的地方發展，還不如在北京發展熟門熟路，說不定海川的風險比北京會更高呢。」

傅華聽了，眉頭皺了起來，這並不是一個好消息，說明中天集團有可能放棄到海川投資的計畫，如果是這樣，不但天和房產跟中天集團合作的想法會落空，海川市政府對中天集團的期望也會落空的。

傅華有些失望的說：「是這樣子啊。」

林珊珊笑笑說：「你也別這種失望的語氣，我父親還是覺得應該要去海川的，他現在正在努力做股東們的工作呢。這下總可以了吧？」

林董想要做這個項目，就說明還是有戲，事情並非完全悲觀，傅華便笑笑說：「那就好。咦，珊珊，既然你找我不是說這件事，那你找我有別的事情嗎？」

林珊珊說：「我是在家裏悶得煩了，想找人吃飯。你在哪裡啊？」

「我跟你嫂子在一起呢。」傅華笑笑說。

林珊珊聽了說：「那好，我請你們夫妻吃飯好不好？我很想跟嫂子交個朋友呢。」

傅華說：「那我問她一下。」

傅華就問鄭莉：「那天在機場見過面的那個女孩說要請我們吃飯，去不去啊？」

鄭莉笑笑說：「好哇，反正我們中午也沒什麼別的安排，就一起去吧，不過別讓人家請，我們請她好了。」

傅華就跟林珊珊說：「你嫂子同意了，不過她堅持說要請你。」

林珊珊笑笑說：「反正大家聚在一起熱鬧一下，誰請誰都無所謂的。」

傅華說：「那你說去哪兒？」

林珊珊想了想說：「要不去後海的『梅府家宴』吧。」

傅華想：這林珊珊還挺懂吃的嘛，梅府家宴他曾去吃過，這是藝術大師梅蘭芳生前愛吃的私家菜，開在後海的大翔鳳胡同裏。

梅府家宴裏，每一道菜都是出自當年梅先生的家廚。製作者也是家廚的傳人，按照當時的菜譜重現當年的盛宴。菜譜更是寫在一把把摺扇上面，很有雅意。

傅華說：「行，那就去梅府家宴好了。」

林珊珊說：「那我就在那兒等你們啦。」

林珊珊掛了電話，傅華和鄭莉看看時間已近中午，就也開車往餐廳方向去。

快到後海時，傅華的電話又響了。

鄭莉在一旁取笑說：「你還真是忙啊，連個週末都這麼多人找。」

傅華看看是沈佳的號碼，跟鄭莉說：「是沈姐的。」

沈佳笑著說：「傅主任啊，在忙什麼呢？」

「沒什麼，跟鄭莉正準備找地方吃飯呢。」傅華回說。

沈佳聽了說：「這樣子啊，我也還沒吃飯，要不我請你們夫妻倆個吧？」

傅華爲難地說：「我們正跟朋友約了在梅府家宴吃飯呢，要不這樣，沈姐你也過來跟我們一起吃吧，那個小姐也認識孫副市長的。」

沈佳好奇問說：「是嗎？是哪一位啊？」

「是中天集團林總的女兒，這次中天集團去海川考察，她也跟著去了，所以也認識孫副市長。」傅華回說。

沈佳就笑笑說：「那好吧，我們在餐廳見吧。」

傅華和鄭莉到梅府家宴時，林珊珊已經到了。

坐定後，鄭莉說：「珊珊，你挺會選地方的嘛，這裏的環境很高雅，又有京戲表演，很有品味。」

林珊珊笑笑說：「鄭莉姐，我不是想欣賞京戲，而是這裏的菜對女人的保養很好，所以我很喜歡來這裏吃。」

傅華在一旁解說道：「小莉，你沒來過不知道，這裏的菜都是當年爲梅蘭芳量身訂做的，梅蘭芳因爲要維持自己的專業水準，十分重視保養自己的嗓子和身材，所以梅菜特別講究養顏、保健及止胖功效，而且菜單中絕沒有辛辣刺激的調味料，因此很受女性消費者的歡迎。」

林珊珊說：「傅哥看來也是老饕，很懂行啊。」

傅華笑笑說：「沒有啦，駐京辦平時做的就是接待工作，我就是想不懂也不行啊。」

林珊珊說：「傅哥，人既然齊了，那麼開始上菜吧。」

傅華說：「等一下，還有一個朋友要來。」

「什麼朋友啊，我認識嗎？」林珊珊問道。

傅華說：「她你不認識，不過她的老公你卻認識，就是海川市的孫副市長。」

林珊珊愣住了，心想：是孫守義的老婆啊？這個傅華也真是的，也不先跟自己說一聲就把人帶來了。林珊珊的情緒一下變壞了。

她曾經見過沈佳，那是在沈佳不知道的情形下，她曾偷偷打量過她。現在要面對面坐到一起吃飯，沈佳不知道她跟孫守義之間的往來，應該不會有什麼感覺；可是她心裏卻清楚自己是在跟這個女人的老公偷情，讓她面對著這個女人，心裏一點波瀾都沒有，似乎是不太可能的。

傅華看林珊珊半天不說話，就問說：「珊珊，你不會介意吧？我們是在來的路上接到她的電話，心想你也認識孫副市長，沒有多想，就讓她一起過來了。」

林珊珊這時候就是想說介意，也找不出什麼理由了，心說：反正沈佳也不知道她跟孫守義的事，那自己就當什麼事也沒有，陪這個醜女人吃頓飯好了。

林珊珊便爽快地說：「沒有傅哥，我怎麼會介意呢？我只是有點不習慣跟陌生人一起吃飯罷了。你知道我這個人一向隨性慣了，行爲舉止可能會讓那些夫人看不慣的。」

鄭莉笑笑說：「珊珊，這你放心，沈姐那個人很好的，你跟她相處就知道了，她是一個很隨和、讓人感到很舒服的人。」

正說著，沈佳過來了，傅華和鄭莉站起來迎接她。

傅華指著林珊珊說：「沈姐，來，我給你介紹一下，這位是林珊珊林小姐，是中天集團林董的千金。珊珊，這位是孫副市長的夫人，沈佳，你叫她沈姐好了。」

沈佳伸出手來，寒暄說：「你好，林小姐，我聽說過中天集團的大名，新科出爐的地王啊。」

林珊珊勉強地跟沈佳握了握手，說：「你好，沈姐。」

握完手，沈佳笑笑說：「傅華，你很會選吃飯的地方啊，是不是平時就會選這麼有情調的地方吃飯啊？」

傅華笑說：「沈姐，你說錯了，這麼有情調的地方是珊珊選的。我平時吃飯可不會選這種地方，實話說，這裏有點貴。」

沈佳看了看林珊珊，說：「沒想到林小姐不但人漂亮，也很有品味呢。」

林珊珊此時已經放鬆下來，不再那麼緊張和彆扭了，她笑笑說：「沈姐，你不要老是叫我林小姐，難聽死了，你就跟傅哥一樣，叫我珊珊吧。」

沈佳覺得這個女孩挺大方直率的，對她的觀感不錯，便說：「好哇，珊珊。咦，珊珊，你用的也是迪奧的香水吧？」

林珊珊說：「是啊，沈姐，我聞到你身上的香水也是迪奧的，你先別說，讓我來猜一下，有點果香，又帶點玫瑰的香氣，還有一點香草的味道，我猜到了，是『真我』系列的淡香水對吧？」

沈佳點點頭笑說：「被你說對了，珊珊。」

林珊珊得意地說：「那沈姐你猜我用的是什麼？」

沈佳聞了聞說：「玫瑰花的優雅柔媚和覆盆子的濃郁甜香，粉紅誘惑?!」

林珊珊說：「對，就是粉紅誘惑。誒，鄭莉姐，你用的是香奈兒的吧？」

鄭莉笑笑說：「珊珊，你的鼻子還真靈耶，你答對了。」

傅華在一旁看著這三個討論香水的女人，完全插不上嘴。

# 第二章

# 億萬千金

沈佳對林珊珊的印象，是一個有些任性、自小被富裕家庭嬌生慣養出來的女孩。
孫守義笑笑說：「是呀，人家是中天集團董座的千金，
家財億萬，任性一點也是正常的。你不用替我擔心了，我會處理好的。」

這時，鴛鴦雞粥上來了。

沈佳說：「這道菜一定要好好嘗嘗，這是這裏的招牌菜，據說是用文火將雞肉熬煮四十八小時，直至雞肉爛成粥狀才可以，上面的太極圖案則是用蔬菜打成汁調出來的。」

傅華笑說：「剛才珊珊還說我是老饕，我看沈姐才是真正的吃家呢。」

沈佳笑笑說：「我很小的時候就跟著父親吃過很多有名的飯店，所以對這些並不陌生。好了，傅華，我們不說吃的了，你跟我說說我們家守義在海川怎麼樣吧？」

沈佳提起了孫守義，讓林珊珊心裏不由得酸了一下，心說什麼你們家守義啊，守義根本喜歡的是我，而不是你這個醜婆娘好不好！

她這時候才意識到，雖然她不會跟孫守義要求什麼名分，逼他跟沈佳離婚，但是她對孫守義的佔有欲卻更覺強烈；儘管她比沈佳漂亮，孫守義也更愛她，她卻無法在別人面前正大光明地說出什麼「我們家守義」這幾個字來。

傅華並不知道林珊珊在想什麼，他誇獎沈佳說：「沈姐，你真是一個賢慧的妻子，孫副市長娶了你，是上輩子修來的福氣啊。你放心，孫副市長是很有水準的領導，很適應在海川的工作。」

林珊珊心裏暗罵傅華亂拍馬屁，什麼上輩子修來的福氣，沈佳那麼醜，明明和孫守義根本不配嘛。如果是福氣，孫守義怎麼不老老實實的守著沈佳，還會偷偷跟我在一起呢？

沈佳被傅華的話說得心裏很熨貼，笑笑說：「什麼上輩子修來的福氣啊，你這麼說好像守義有今天完全是我幫他的一樣，以後不要再這麼說了。他真的適應嗎？」

傅華說：「當然是真的啦，不然你問珊珊，在海川就是孫副市長接待他們的。」

沈佳的目光轉到了林珊珊身上，問道：「是嗎，珊珊，你覺得我們家守義還適應吧？」

林珊珊沒想到傅華把話題轉到她身上，恍了一下神，然後才尷尬的說：「是啊，我看孫副市長適應得挺好的，那天有個喝醉的商人去鬧場，非要敬孫副市長酒，孫副市長應對的就很不錯。沒讓他鬧起來。」

沈佳詫異地說：「傅華，這是怎麼回事啊？」

聽林珊珊這麼說，有人故意讓孫守義難堪，她直覺這是有人要給孫守義下馬威才挑釁他的。

傅華怕沈佳太爲孫守義擔心，就笑笑說：「沈姐，也沒什麼，就是那天孫副市長設宴歡迎珊珊和她父親，有一個興孟集團的董事長叫做孟森的，正好也在那家酒店喝酒，他知道孫副市長在那裏請客，就想去敬孫副市長一杯。其實也沒什麼，只是那個人鬧著非要敬酒不可而已，孫副市長喝了酒就沒事了。」

傅華想把大事化小，林珊珊卻不這麼想，她很嫉妒沈佳，所以想讓沈佳心裏添堵；二來也是氣惱那個孟森當時讓她下不來台，如果沈佳真的有辦法對付孟森，也能幫她出口氣。

林珊珊便水上加油地說：「什麼啊，我看那個人並不是喝醉，根本就是故意去鬧事的。傅哥和那個什麼王局長都攔過他，可是攔不住，他還是非鬧著要敬酒不可。孫副市長怕那個人在我父親面前鬧起來，只好不得不喝了那杯酒。」

沈佳質問傅華說：「傅華，真是這樣的嗎？」

傅華從沈佳身上感受到一種不怒自威的威嚴，心說這個沈佳不愧是從背景深厚的家庭出身的，給人的感覺就是不一樣。他笑了笑說：

「沈姐，事情確實是如珊珊說的那樣，不過，孫副市長也應對的很好。」

沈佳嚴肅地說：「他應對的好，不代表別人就可以欺負他。一個普通商人竟敢去鬧副市長的酒，這個叫孟森的，是什麼人啊？」

傅華解釋道：「這個人原本是地方上一個小混混，因爲敢打敢殺賺了一點錢，就漂白開了公司，不過還是黑道作風，手下養了一批人，很多人不敢招惹他。他有了錢後，便開始走上層路線，跟省裏一些領導走得很近，海川人對他就更敬而遠之了。我已經把這人的來歷告訴過孫副市長，他也覺得暫時還是不要惹他比較好。」

沈佳不以爲然地說：「這種人是不會知道好歹的，就算你讓他，他也不知道你在讓他，反而會覺得你好欺負。」

林珊珊在一旁煽火說：「對啊，沈姐，這個人就像你說的這樣。你不知道，隔一天傅哥和一個什麼丁總的請我吃飯，偏偏倒楣又碰到了那個傢伙，他竟然攔住我不讓我離開，一點也不想我是海川市請去的客人。」

沈佳臉色越發難看了，說：「珊珊，他那不是給你難堪，他明知你是守義請去的客人，他還讓你難堪，根本上就是想掃守義的面子。」

傅華看事情似乎被林珊珊搞得越來越複雜了，便轉圜地說：「沈姐，也不完全是像珊珊說的那樣啦，當時是因爲珊珊沒搭理他，所以他才會攔著珊珊不讓她走的，倒不完全是衝著孫副市長的。」

林珊珊反駁說：「可是傅哥，你明明跟他說我是你們市裏請回去的客人，他還是不放人啊？他這樣不是不給孫副市長面子是什麼？」

傅華心中暗自叫苦，林珊珊這這不明擺著是在煽火嗎，她沒看到我拼命在化解誤會嗎？她還真是唯恐天下不亂啊。

傅華還想說些什麼，沈佳卻衝著他一擺手，說：「好了傅華，我知道你的意思了，這件事我知道該怎麼去處置的，你不用再說什麼了。」

傅華看了看沈佳，他不確定這個強勢的女人會做些什麼，這時候他也只能選擇閉嘴了。

宴會被搞成這樣，氣氛也變得有點悶了，眾人就草草吃完飯散了。

傅華結了帳，出了餐廳，林珊珊上車先走了。

傅華顧及禮貌，看看沈佳說：「沈姐，沒什麼事的話，我們就先走了。」

沈佳笑了笑說：「傅華，你是不是覺得我太過強勢了？似乎什麼事情都想插手？」

傅華有點尷尬地說：「沒有，沈姐你可能有自己的考量吧，這種事我是沒什麼發言權的。」

沈佳說：「你不用遮掩了，你不高興我可是看得出來的，但是這件事我不能就這麼算了。我知道你在想什麼，你是覺得守義剛去海川，如果一來就跟這個人鬥起來，可能會惹上很大的麻煩，對他開展工作並不是很好，是嗎?!」

傅華說：「我確實是這麼想的，沈姐，你不瞭解那個孟森，他是個流氓無賴，而且省裏面有人支持他，惹上他會很麻煩的。」

「你說那個孟森省裏面有人支持他，是什麼人啊？」沈佳問道。

「據我所知，是省裏的一個副省長，也姓孟。」傅華回答。

沈佳說：「現在的問題不是守義去惹他，而是他來惹守義。這就有很大的不同了。守義如果不還擊，就會被認爲是好欺負的，我覺得這才會對他今後開展工作不利。」

傅華雖不認同，不過沈佳說得也不無道理，就笑笑說：「您說的也對吧。」

沈佳笑笑說：「好啦，我知道你也是爲了守義好，謝謝你了，你跟鄭莉回去吧。」

傅華和鄭莉上了車。

鄭莉看了看傅華，說：「你覺不覺得今天的沈姐有點咄咄逼人啊？」

傅華說：「這可能就是她的家世背景給她的優越感吧，在她看來，一個副省長似乎是她完全可以拿捏的。」

鄭莉說：「她這種優越感讓人很不舒服啊，我感覺沈姐似乎太護著那個孫副市長了。傅華，你是男人，你覺得男人有這麼一個凡事都管的老婆，心裏會舒服嗎？」

傅華笑笑說：「那要看那個男人想要的是什麼了，如果想要權力，這樣的老婆是能給他很大的幫助的。」

鄭莉看了看傅華，笑說：「你這是什麼意思啊？羨慕人家有這麼一個好老婆？」

傅華開玩笑的說：「當然啦，小莉，你看看人家什麼事都幫丈夫想到了，你呢？」

鄭莉笑了起來，說：「是啊，我這個妻子跟人家比起來，似乎很不稱職啊。爺爺也是一個很有影響力的人，如果我想幫你弄個什麼官職之類的，也應該不是什麼難事，既然你這麼羨慕沈姐，那我以後是不是也要像她一樣，事事都要爲你操心呢？」

傅華哈哈大笑起來，說：「小莉，原本我對你爸爸心裏還多少有些不服氣，可是今天我才明白他還真是有大智慧的人。」

鄭莉納悶地說：「怎麼好好的，你又突然拍起我爸爸的馬屁來了？」

傅華笑笑說：「你看，爺爺當年的影響力肯定是超過沈佳後面的勢力，我相信那個時候你爸爸如果真要在仕途上發展的話，有爺爺的幫助，今天說不定已經是相當層次的高官了。他能放棄這一切，遠離權力，跑到美國開創自己的天地，如果不是有大智慧的人，一定是做不到的。」

鄭莉聽了說：「你這是在說沈姐經不起權力的誘惑囉？」

傅華說：「我倒不是說她不好，這世界上也沒幾個人能受得了權力的誘惑，像你爸爸那麼超然的。但是我覺得過度去依賴權力並不是一件好事，權力能成就一個人，也能毀掉一個人。有時候，我感覺權力就像是毒品一樣，一旦上癮，恐怕帶給你的不一定是好事。」

鄭莉摸了一下傅華的臉龐，笑說：

「老公，這就是我最欣賞你的地方，你知道什麼是你該要的，什麼是你不該要的。我們家，我爸爸這一代的人之所以能夠遠離權力，也正是像你所說的，看到了權力能成就一個人也能毀掉一個人的這一面。我想我們今天會覺得沈姐令人不舒服，正是因爲她對我們鄙夷的東西太過依仗了，還以此作爲一種特權來炫耀。」

沈佳離開餐廳後，並沒有直接回家，她去了趙老的家。

趙老看到沈佳很高興，說：「小佳來了。」

沈佳說：「是啊，來看看老爺子您。您最近身體怎麼樣啊？」

趙老笑笑說：「挺好的。小佳，小孫去海川了，你一個人在北京還好嗎？」

沈佳說：「也沒什麼好不好的，您也知道我很獨立的，守義不在身邊，反而更自由些。」

趙老笑了，說：「小佳，你別口不應心了，呵呵。小孫沒來電話，說他在東海怎麼樣啊？」

沈佳笑笑說：「他都說自己在海川很適應，不過，我今天跟海川駐京辦的主任一起吃飯，聽到了守義的一些事，感覺守義在海川似乎也不是那麼輕鬆。」

趙老聽了，訝異地說：「哦？什麼事啊，小孫被人欺負了嗎？」

沈佳就說了孟森的事，她看看趙老，說：「老爺子，您說這個孟森是不是在給守義下馬威啊？」

趙老想了一下，說：「嗯，一個商人敢跟地方上的副市長這麼嗆聲，是有點不對勁啊。」

沈佳又說：「聽那個駐京班主任說，這個商人並不簡單，他還是東海省政協的委員呢。」

趙老冷笑說：「省政協的委員腰桿子也硬不到這種程度，這傢伙背後如果沒什麼人，絕對不敢跟小孫這麼對著來的。」

「哦，對了，那個駐京辦主任還說，這傢伙好像跟東海省一個也姓孟的副省長關係很好。」沈佳補充道。

「孟悉中？是他嗎？」趙老問。

沈佳說：「我不知道是不是他，東海省還有第二個姓孟的副省長嗎？」

趙老想了想說：「印象中似乎沒有了。這麼說可能就對了，有副省長在背後撐腰，是可以跟副市長耍耍威風的。」

沈佳面色有些凝重地說：「老爺子，您這麼一說，我就覺得問題更不單純了，您看是不是這個孟悉中對守義有什麼意見啊？還是這邊有什麼人曾經得罪過孟悉中啊？不然的話，守義剛下去，跟那個孟森之前也沒什麼交集，他怎麼會鬧這麼一齣呢？」

趙老看了看沈佳，說：「小佳，你在擔心什麼？」

沈佳說：「我是擔心這下子挫了守義的銳氣，會讓他在海川抬不起頭來，這可不利於他在海川工作的開展。」

趙老沉吟了一會兒，說：「這倒是個問題。不過，小佳啊，剛才你說這件事你是聽海川駐京辦主任說的，也就是說，小孫並沒有在你面前說起過這件事情，是不是小孫自己有什麼想法啊？」

沈佳說：「我想他大概是剛下去，還不知道這個孟森的深淺，不想輕舉妄動，也不想讓我擔心吧。」

趙老點了點頭，說：「小孫做事就這點好，很穩重。」

沈佳替丈夫叫屈說：「可是老爺子，這樣子不行啊，守義一去就被人欺負，太過分了。」

趙老說：「也許那個孟悉中和孟森還不知道小孫的背景來歷吧。」

沈佳說：「那您說怎麼辦？這件事就這麼過去了？」

趙老笑笑說：「過去？那豈不是太便宜孟森那小子了，這傢伙既然送上門來了，豈能放過？正好可以讓小孫拿他開刀，立立威風。」

沈佳等的就是趙老這句話，立即說：「老爺子，這麼說，您支持守義對這個孟森動手了？」

趙老說：「這個小腳色自己送上門來，我們當然不會客氣了。」

「那如果他後面那個孟悉中找守義的麻煩，那怎麼辦呢？」沈佳問。

趙老說：「我既然說讓小孫對孟森動手，就沒在怕那個孟悉中；你回頭跟小孫說，對那個孟森不要客氣，至於孟悉中那邊，我來處理。」

沈佳的目的完全達到了，她高興地說：「行，老爺子，有你這句話，我就可以讓守義放心大膽的去做了。」

晚上，孫守義打電話回來時，沈佳便提起了這件事。

「守義啊，我今天跟傅華夫妻吃飯，聽他們講你在海川遇到了點事？」

孫守義愣了一下，說：「他們說什麼了？」

沈佳就說了孟森的事。

孫守義聽完，有點不高興傅華在沈佳面前亂講，他現在還沒想好要如何去對付孟森，傅華卻讓沈佳知道了這件事，這讓他更煩了。

他便抱怨說：「這個傅華怎麼回事啊，怎麼什麼事都跟你講啊！他的嘴也太碎了。」

沈佳看孫守義有怪罪傅華的意思，趕忙解釋說：「不是啦，守義，這件事倒不是傅華先提起來的，是當時在座的一個小姐先說起來的。」

孫守義壓根沒想到跟自己老婆說起這件事的會是林珊珊，便煩躁地說：「什麼亂七八糟的，怎麼又跑出來個小姐啊？」

沈佳說：「這個小姐你也認識啊，叫林珊珊，前些日子她去海川時，還是你接待的呢。」

「林珊珊，你見過林珊珊了？」

饒是孫守義做事穩重，也被這句話弄得驚跳起來。

這個傅華還真是會添亂啊，怎麼把林珊珊和沈佳湊到一塊兒了呢？也不知道珊珊在想什麼，竟然會去見自己的老婆，她想幹什麼啊？

沈佳被孫守義的震驚弄楞了，問說：「怎麼啦，守義，我不能去見林珊珊嗎？」

孫守義馬上回過神來，趕忙解釋說：「不是，我只是感到很驚訝，我剛在海川接待過她，馬上你們就在一起吃飯了，這世界也太小了吧？」

沈佳笑了起來，說：「是湊巧遇到的，原本她跟傅華夫妻約了吃飯，我正好打電話給傅華，想跟他聊聊你在海川的情況，才湊到了一起。」

原來林珊珊和沈佳遇到，不是傅華的安排，也不是林珊珊刻意要這麼做的，孫守義暗自鬆了口氣。

孫守義笑笑說：「原來是這樣子啊，那怎麼又會說起孟森的事了？」

沈佳說：「我問傅華你在海川怎麼樣，傅華說你挺好的，結果那個林珊珊卻說你在那兒並不好，就說起孟森這件事情了。」

說到這裏，沈佳頓了一下，她突然想到了一個問題：本來傅華是不想透露這件事的，是那個女孩子刻意要把這件事情說出來的。為什麼那個林珊珊會這麼熱心孫守義的事情呢？

沈佳倒沒有往林珊珊和孫守義會有什麼曖昧關係這上面去想，結婚多年，孫守義始終給她一個好丈夫的形象，她完全不會往偷情那方面去想，她只是奇怪林珊珊為什麼會這麼關心這件事情，便有點疑惑的問道：

「守義啊，我現在仔細想想有點奇怪啊，這件事本來傅華是不想講給我聽的，是那個林珊珊說出來的，她為什麼這麼熱心啊？是不是有什麼別的原因啊？」

孫守義心慌了一下，暗自埋怨林珊珊多事，跟沈佳說這麼多幹什麼，沈佳是個很精明的女人，一點蛛絲馬跡都能看出問題來的，現在麻煩了吧，沈佳起疑心了。

孫守義知道這時候可不能有什麼猶疑，否則會讓沈佳更加懷疑的，就笑了笑說：

「我也不知道怎麼回事啊，我本來是不想把這件事情告訴你的，免得你替我擔心。誰知道這個女孩會跟你說這件事情呢！那個女孩是千金小姐，看上去就是個很任性的人，她父親很寵溺她，才讓她養成了想到什麼就說什麼的個性吧。」

這個解釋倒很合理，沈佳對林珊珊的印象，也是這樣一個有些任性、自小被富裕家庭嬌生慣養出來的女孩，便說：「可能是吧，那個女孩是有些任性。」

孫守義再次鬆了口氣，總算把沈佳給敷衍過去了。他笑了笑說：

「是呀，人家是中天集團董座的千金，家財億萬，任性一點也是正常的。好了，孟森這件事算是過去了，你不用替我擔心了，我會處理好的。」

沈佳趕忙說：「可是守義，我覺得這件事不能就這麼完了，你放過孟森，不等於是告訴他你軟弱好欺負嗎？」

孫守義說：「那怎麼辦？傅華跟我說孟森有點背景，讓我不要輕易去招惹他。」

沈佳不平地說：「傅華是怕你鬥不過孟森，受到傷害；但是孟森有背景，我們也不是沒背景啊？」

孫守義聽了，笑笑說：「這我知道，不過，爲了一個小混混就去找老爺子不好吧，老爺子會怎麼看我啊，他會想我一點小麻煩都解決不掉，其實是沒有能力的表現。」

沈佳笑笑說：「我知道，這件事你不方便去跟老爺子講，但是我可以啊，我已經把這件事跟老爺子提了。」

孫守義叫說：「你跟老爺子說了？哎呀，小佳，你怎麼嘴這麼快啊？怎麼事先也不問我一下呢？」

沈佳解釋說：「我知道這件事你肯定能自己解決的，不過有老爺子幫你，事情不是更好辦一些嗎？你放心，老爺子聽我說這件事，並不覺得你無能，反而覺得你的做法很好，很穩重。」

孫守義聽趙老誇獎他，心中很高興，就說：「是嗎？老爺子還說什麼了？」

沈佳說：「老爺子覺得不能就這麼放過那個孟森，老爺子說，既然這傢伙送上門來，那就索性拿他開刀好了，好讓海川人知道你不是好欺負的；至於孟森後面的人，老爺子說交給他來處理就行了。」

孫守義實際上還沒有要對孟森怎麼樣的想法，他同意傅華的看法，此刻貿然採取行動並不明智，他還沒在海川紮下根來，各方面都不熟悉，尚處於弱勢，在這種不利的環境中，是應該先避開對手的出擊，先換取生存的空間。等到自己在海川紮下根來，再下手將孟森剷除掉。

但是現在情形有所不同了，趙老發話了，不論孫守義怎麼想，他都得出手了，他必須要尊重趙老的意見。何況趙老的意思也沒有錯，新官上任，本該盡快樹立起自己的威信；這樣，下面的幹部才會百依百順，傾心賣命。

但是要如何出手，孫守義心中並沒有底，他對孟森不熟，不知道孟森的罩門在哪裡；如果不能一擊到手，可能會有更糟的後果。

看來有必要回北京一趟，他想去跟傅華好好談一談。現在在海川政壇，傅華是他唯一可以信得過又熟悉海川情況的人，如果他真的要對孟森做些什麼的話，傅華是真正能幫到他的人。

沈佳見孫守義半天不說話，問道：「怎麼了守義，你覺得對付孟森會有困難嗎？有老爺子在背後支持你，你還顧忌什麼啊？」

孫守義說：「有老爺子支持我，我無須顧忌什麼，但是你要我怎麼出手啊？我總不能說是因爲孟森非要敬我酒，傷了我的面子，我就要政法部門處分他吧？」

沈佳愣了一下，這個問題她還真是沒想過，她只是覺得孫守義不能被欺負，要趙老幫孫守義出這口氣，但是具體要怎麼操作，她並沒有認真想過。但是這件事既然趙老發話了，總要給趙老一個交代。

沈佳這才意識到自己處理這件事有些莽撞，如果孫守義找不到什麼辦法來對付孟森的話，趙老真的會認爲孫守義無能，那樣反而給孫守義添麻煩了，於是說：

「那守義，下面要怎麼辦呢？如果你不做點什麼，老爺子會有看法的。」

孫守義說：「你不要急，我最近會回北京一趟，到時候我們再商量要怎麼做吧。」

傅華越來越覺得中天集團的投資可能沒希望了。他每次打電話給林珊珊，林珊珊都說她父親在忙；直接打電話給林董，林董也總是說他們公司還在研究，還沒有做出最後的決定。傅華說想跟林董見面談談，林董卻總說他有事在忙走不開，無法跟傅華見面。

這個態度就十分明顯了，林董是在閃躲這個問題，看來林董不但沒有說服其他股東，甚至可能反被其他股東說服了。

傅華心想，如果真的泡湯，中天集團目前的資金狀況並不是很好，這樣一家公司不去海川，也許未必是件壞事。

這時，孫守義正好打電話來，開口就問傅華中天的情況如何。

傅華苦笑了一下，說：「孫副市長，我找過林董幾次了，也私下找林珊珊打聽中天集團對海川項目的看法，目前看來，他們內部對這個項目反對的聲浪不少，林董可能有放棄這個項目的意思了。」

孫守義叫說：「什麼，他們想要放棄？這怎麼可能，之前他們來海川時，我看林董對這個項目的興趣很高啊，你有沒有再跟他溝通一下啊？」

傅華委屈地說：「我是想要跟他溝通，可是他一直找藉口不見我啊。」

孫守義說：「這樣下去可不行，我們要趁熱打鐵，趁事情還有點熱度的時候，把這個合作項目趕快給促成了。如果老是這麼等下去的話，中天集團肯定會改變主意的。傅華，這個項目金達市長也很重視，你要加把勁啊。」

傅華無奈地說：「我是想加把勁，可是林董避不見面，我這勁也無從加起啊。」

孫守義想了想說：「這樣吧，我安排回北京一趟。你也不要洩氣，想辦法打聽清楚這個林董究竟是什麼意思，我到北京之後，我們再研究一下要如何跟中天集團溝通，力爭促成他們來海川投資。」

傅華本想放棄算了，可是見孫守義這麼堅持，甚至要親自回北京跟林董溝通，他想放棄的話也說不出口了，只好說：「那好，我就按照您的安排去做。」

孫守義掛電話後，傅華在辦公室裏轉圈思索著，要如何打聽出林董對海川項目究竟抱持一種什麼態度呢？找林珊珊顯然是不成了，那要找誰呢？

想來想去，只有找鄭堅了。他知道中天集團跟鄭堅有合作，也許鄭堅能幫自己套出林董的真實態度來。

傅華就撥電話給鄭堅，鄭堅很快接通了，笑說：「小子，你不錯啊。」

傅華聽了一頭霧水，說：「爸，我什麼不錯了？你這話沒頭沒腦的。」

鄭堅說：「我聽小莉說，你在她面前把我好一頓表揚，說我是有大智慧的人，你很佩服我。嘿嘿，小子，這些年來，我還是第一次覺得在小莉面前這麼有面子。小子，以後不用這樣，你如果真心服我的話，有些話是可以當面跟我說的。」

傅華哈哈大笑了起來，說：「爸，那天我不過是就事論事而已，你不需要這個樣子吧。」

鄭堅笑笑說：「不管怎麼說，我覺得在小莉面前挺有面子的。好了，說吧，你找我有什麼事啊？」

傅華說：「是這樣子，你跟中天集團的合作還在繼續嗎？」

鄭堅說：「還在繼續啊，你不會是想讓我幫你跟林董牽什麼線吧？」

傅華笑笑說：「說不上什麼牽線啦，你大概也知道中天集團去過海川考察，我是想請你幫我問一下，現在林董對海川這個項目究竟是個什麼意思啊？」

鄭堅奇怪地說：「這你可以自己去問他啊。」

傅華苦笑說：「我如果能自己問他，還跟你說個什麼勁啊，就是他現在躲著不見我，我沒辦法問啊。」

鄭堅遲疑了一下，說：「哦，是這個樣子啊。」

傅華感覺到鄭堅似乎是話裏有話，好像他知道了些什麼似的，便問道：「爸，你是不是知道了什麼？還是你根本就跟他討論過這件事情？」

鄭堅笑說：「被你猜到了，這件事林董倒還真的跟我談過。」

傅華知道鄭堅正在幫中天集團運作上市的事，他的意見肯定對中天集團影響很大，搞不好林董之所以躲著自己，不僅僅是因爲中天集團的股東反對，恐怕鄭堅對這個項目也投了反對票，不然的話，鄭堅可能一開始就直接告訴自己不需要擔心了。

傅華便說：「你是反對這個項目的吧？」

鄭堅呵呵笑了起來，說：「小子，難怪小莉會選你做老公，你果然聰明，又被你猜對了。」

傅華並不覺得這好笑，反而有點傻眼的感覺，搞了半天，他那麼費勁爭取的事情，卻被自己的老丈人在背後搞鬼，才弄得事情沒有一點進展。

鄭堅說道：「小子，你可不要以爲我是因爲你才反對的，我跟你說，我反對林董去海川，是專業意見，我需要對中天集團負責的，我可不能因爲你，就對中天集團說一些不負責任的話。公是公，私是私，公私要分明，這是我做人的基本原則。誒，你是不是心裏又很佩服我啊？」

傅華苦笑說：「你壞了我的事，還要我佩服你？」

鄭堅笑笑說：「小子，你別不知道好歹，我也是爲了你們海川市好。我看了那個舊城改造的項目，投資大，時間長，風險高，裏面牽涉的利益太過複雜，就算是實力雄厚的公司也不敢接手，更別說是中天集團這種過江龍公司了。再者，我也跟你說過，別看中天集團名頭很大，可是實際上資金繃得很緊，那個項目他們吃不下的，如果硬要強吃下去，到時候他們的資金鏈可能會因爲這個項目斷裂，那時不但中天集團會完蛋，你們那個項目也會爛尾，雙方都會吃大虧的。所以明智的話，我覺得中天集團還是放棄投資比較好。」

傅華無奈地說：「我也不想強求，可是我們的領導卻不願放棄啊。」

鄭堅嘆了口氣：「那我就幫不了你了。」

傅華沒再說什麼，他知道中天集團恐怕是真的沒戲了。他也無法去埋怨鄭堅什麼，鄭堅這麼做，完全是出於專業的考量，他的做法是正確的。

## 第三章

# 魚與熊掌

這一次林珊珊追到海川去，孫守義開始感覺到這個女人有些危險，
也許跟林珊珊分手是一個比較理智的決定，畢竟他真正追求的是更高的地位。
為了最後的目標，有所取捨也是沒辦法的，畢竟魚和熊掌不能兼得。

幾天後，孫守義按照預定行程回來北京。

傅華在機場接了孫守義，上車後，他問道：「孫副市長，您是先回家，還是去駐京辦？」

孫守義說：「先去駐京辦吧，我想先跟你談談中天集團的事，我這時候回去，你嫂子也不在家。」

兩人就去了駐京辦。

在傅華的辦公室，孫守義喝了口茶，看著傅華說：「怎麼樣，中天集團的情形，你瞭解的如何了？」

傅華報告說：「具體的情形還不是很確定，那個林董一直躲著不見面，不過據我側面瞭解，中天集團目前正在拚上市的事，不想把戰線拉得太長，所以投資海川的可能性看來可能性很低。」

孫守義看了傅華一眼，笑笑說：「我看也不是完全沒希望吧？如果完全沒希望的話，林董也就不需要躲著，就直接回絕你了。」

傅華說：「也許是吧，據我瞭解的情況，林董覺得放棄海川這個項目是有點可惜了，所以還在猶豫不決當中。」

孫守義笑笑說：「那就是說還有爭取的空間，不要洩氣，我既然來北京了，就是準備跟你一起來爭取的。」

傅華點點頭，說：「好的，孫副市長，我會想辦法繼續努力的。」

孫守義便說：「我先打個電話給林董，告訴他我來北京了，看看他會不會出面接待我。」

傅華笑笑說：「是啊，他去海川，您都親自出面接待他；現在您回北京了，他不見您，似乎也說不過去。」

孫守義就撥通了林董的電話，孫守義說：「林董，我剛回北京，想跟您見一面，您在辦公室嗎？」

林董說：「是孫副市長啊，您回北京啦，沒先回家跟夫人團聚一下？」

孫守義笑笑說：「還沒呢。」

林董笑說：「這可不應該啊，你跟夫人分開這麼長時間，怎麼也該先回去團聚一下嘛。」

孫守義明白林董這是在跟他打哈哈，便笑笑說：「多謝林董關心，我現在就是回去也沒用啊，我老婆在工作呢，回去也是見不到的。」

林董說：「哦，是這樣啊。」

孫守義又說：「林董，您現在在哪兒啊？我很想見見您，商量一下項目的事。」

林董回避地說：「真是不好意思啊，我現在人在天津呢，一時半會兒趕不回去，您看您是不是先回家休息一下，等我回去我們再談？」

孫守義說：「那您什麼時候能回來啊？」

林董說：「這個不好說啊，這邊的事情挺麻煩的，一下也處理不完，我也不好跟您說我什麼時候能趕回去。您這次準備在北京待多長時間啊？」

孫守義心中暗罵林董狡猾，他這麼問，擺明是不準備見自己了。

孫守義耐住性子說：「林董，您知道我是不能長留在北京的，我好不容易回來一趟，您總不會故意不跟我見面吧？您是不是能找個時間趕回來啊？」

林董笑笑說：「要不這樣，我儘量快點趕回去，力爭跟您見上一面；不過，如果您等不及，就請您先回去，等我這邊事情處理完了，我再趕去海川跟您談，您看這樣子行嗎？」

林董這麼說，見面的主動權就完全掌握在他的手裏，可是他也無法說什麼，只好無奈地說：「既然這樣，那我只好期望林董儘快趕回來了。」

掛了電話後，孫守義嘆了口氣，對傅華說：「看來這次林董是打算避不見面了。誒，傅華，你不是跟林珊珊很熟嗎？你打個電話給林珊珊，問問她父親究竟在哪裡。」

傅華就打電話給林珊珊。

林珊珊接了電話，問道：「怎麼了傅哥，不會是要請我吃飯吧？」

傅華說：「你這個饞貓，就知道吃！我不是想請你吃飯啦，是想問一下你父親現在在哪裡？」

林珊珊說：「你問他在哪裏幹什麼，不會是又要問去你們海川投資的事情吧？」

傅華笑笑說：「不是，孫副市長來北京了，想見你父親，可是你父親說他在天津，我想問問這是不是真的，還是你父親想避開孫副市長才這麼說。」

林珊珊詫異地道：「孫副市長回北京了？」

傅華沒有注意到林珊珊爲什麼對孫守義回北京會這麼驚訝，他笑笑說：「對啊。你還沒告訴我你父親究竟在不在天津呢？」

林珊珊說：「你等一下，我問一下公司再回覆你。」

傅華放下電話，看了看孫守義，說：「孫副市長，林珊珊也不確定她父親是不是在天津，她要問一下。」

孫守義說：「不用了，她問的結果肯定是人在天津，林董絕對不會讓她說人在北京的。傅華，現在我們怎麼辦呢？人家明明就在北京，卻避不見面。」

這確實是一個難題，還不能戳破林董的謊言，否則林董一定會很尷尬，投資的事情肯定就越發難談了，說不定林董會就勢直接拒絕跟海川談下去。

兩人面面相覷，都拿不出一個很好的主意來。

林珊珊的電話打了回來，果然說她父親去了天津，傅華也不好再說什麼，就掛了電話。

乾坐了一會兒，孫守義說：「要不今天先這樣吧，你安排車送我回家吧。今天晚上我們都動動腦筋，看能不能想出個辦法來。」

傅華就安排車送孫守義回家。孫守義回家後，沈佳還沒回來，他有點累了，就洗了澡，去臥室休息。

這時手機響了一下，來了一條簡訊，孫守義一看是林珊珊發來的，上面寫說：「你回北京也不跟我說一聲啊？」

孫守義知道傅華打電話給她之後，林珊珊必然會知道自己回北京了，肯定會跟自己聯繫的，他笑了笑，把電話撥了過去。

林珊珊抱怨說：「你這傢伙，我竟然是從傅華那兒才知道你回北京了，你什麼意思啊？不想見我了？」

孫守義笑笑說：「我怎麼會不想見我的心肝寶貝呢？我這次回來，會待個幾天，一定會安排跟你見面的。」

林珊珊氣說：「你別光說好聽的，回來連個電話都不打，還要等我給你發簡訊才跟我聯絡。」

孫守義解釋說：「我這不是因爲投資的項目還沒有個頭緒嘛！誒，你爸爸究竟是個什麼意思啊？談又不跟我們談，還想拖著我們，他想幹什麼？你可不要告訴我他真的在天津啊？」

林珊珊笑了，說：「他就在中天集團的辦公室呢，不過，他現在遭遇了很大的阻力，一時還難以決定要不要去你們海川投資，所以只好拖著了。」

孫守義說：「他拖著沒什麼損失，可是我們海川等不起啊，你知不知道你爸爸究竟在爲難什麼啊？」

林珊珊說：「他跟我說資金方面有些緊張，你們那個投資金額很大，他很擔心接手下來會導致公司的資金鏈太過緊繃，從而把公司陷進泥沼裏。」

孫守義說：「那如果海川市給他一定的政策優惠，降低前期投入的成本，你覺得他會不會就接下這個項目呢？」

林珊珊笑笑說：「這我就沒辦法說了，你知道我一向是不管公司事情的，那些資金緊張什麼的，還是因爲我想幫你弄清楚才問我爸爸的。」

孫守義失望地說：「哦，這麼說這個問題還是沒什麼頭緒啊。」

林珊珊勸他說：「守義，你就別煩這個了，事情成不成再說嘛，您既然回來了，我們聚一下吧？」

孫守義苦笑著說：「我這次回來是專門爲了投資的事情，這事解決不了，我沒心情啊。」

林珊珊質問說：「那是不是你事情辦不成，就不跟我見面了？」

孫守義陪笑著說：「今晚我是不能出去了，大家都知道我回來了，如果我不跟家人團聚一下，說不過去的。」

林珊珊哼了聲說：「對啊，還是你那個醜老婆對你好啊，人家多護著你啊，生怕你在海川受了欺負。」

孫守義聽了說：「珊珊，說起我老婆來，我正好有話要跟你說。」

「什麼啊，你要說什麼？」林珊珊問。

孫守義有些擔心地說：「你跟傅華處得不錯，我老婆跟他們夫妻處得也很好，以後你跟我老婆肯定還有見面的機會，你能不能在我老婆面前說話謹慎一些啊，最好不要談跟我有關的事情，她那個人心很細的，你的個性大喇喇的，萬一有什麼說漏嘴，被她發現了什麼，對我們就不好了。」

林珊珊一聽就有點惱火了，說：「不錯，我是跟你老婆見面吃飯了，我說錯什麼了

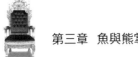

嗎?還是你老婆懷疑你什麼了，要讓你這麼來說我?」

孫守義趕緊說：「我只是擔心，並不是說你做錯了什麼。」

林珊珊生氣地說：「好啦，你以爲我願意見你那醜老婆啊，還不是剛好碰到了嘛!行了，以後我會跟傅華說，有你老婆的地方，不要叫我去，這樣子總行了吧?」

孫守義說：「你可千萬別這樣，那樣反而會讓傅華覺得你跟我老婆有什麼誤會了。你就儘量避開她就好了，不必要非得說的這麼明白。」

林珊珊不高興地說：「好啦，我避開她就是了。真是的，跟你交往怎麼這麼麻煩吶?」

孫守義頓了一下，順勢說：「珊珊，我知道我這樣一個有家庭的人跟你交往，是虧待了你，你如果真覺得麻煩，是不是我們就算了?」

這一次林珊珊追到海川去，孫守義開始感覺到這個女人有些危險，雖然她並沒有要什麼名分，可是這樣黏人，對他來說並不是件好事，很容易會被自己的對手抓住把柄的。

也許跟林珊珊分手是一個比較理智的決定，畢竟他真正追求的並不是女人，而是更高的地位。爲了最後的目標，有所取捨也是沒辦法的，畢竟魚和熊掌不能兼得。

林珊珊卻捨不得，她語調低了下來，小心地說：「你生氣了?我跟你說笑的。其實人家只是想好好跟你在一起嘛。好啦，我以後不再說這種話了好不好?」

林珊珊小女人的姿態，讓孫守義又狠不下心來了。他笑了笑說：「珊珊，我真是拿你沒辦法啊。你等著吧，我這兩天一定找機會好好疼疼你。」

林珊珊笑笑說：「你可別讓我等太久啊。」

兩人又說了些情話，直到沈佳快要回來了，才掛斷了電話。

掛斷電話後，孫守義把林珊珊的簡訊趕緊刪除了，確信沈佳不會發現什麼，才又安心的躺了下來。

正當孫守義迷迷糊糊，快要睡過去時，沈佳回來了。她看到孫守義的東西，趕忙進了臥室。

孫守義聽見沈佳回來，感覺到一段時間沒見到妻子，就將她攬進懷裏，抱了一下。

沈佳不是很習慣這種溫情，抱了一會兒之後就掙脫開，看著孫守義，問道：「守義，你想到辦法去對付那個孟森了嗎？」

孫守義心中有些無語，沈佳這一點讓他心裏很是彆扭，爲什麼她就不能像林珊珊那樣，做個溫柔委婉的女人呢？哪怕就那麼一小會兒？雖然她出身政治世家，可也不用時時刻刻都要去考慮這些工作上的事情啊？

女人要支持男人的事業不假，可是女人更多的是應該在男人面前表現出女人如水的那一面。可是沈佳偏偏就是不能給他這種感受，總是強勢地要干涉他工作上的事。

孫守義強笑了笑說：「好了，小佳，我雖然還沒想好要怎麼做，但是要對付那個孟森總會有辦法的，你就別擔心了。」

找不到解決中天集團這個難題的辦法，傅華心裏也是悶悶的，晚上吃飯的時候，他的情緒看起來就有些不高。

鄭莉關心地問說：「怎麼了，什麼事情弄得你不高興了？」

傅華說：「工作上的一些事啦，孫副市長回北京，想要見一下珊珊的爸爸，可是林董卻避不見面。」

鄭莉說：「要見面不難吧，爸爸不是跟林董很熟，讓他去安排一下就好啦。」

傅華嘆了口氣：「別提爸爸了，說起來，事情就是他給搞砸的，本來大家談得好好的，是他非要跟林董說什麼資金會太緊張，戰線不要拉得太長什麼之類的，搞得林董想吃又怕燙了嘴，不吃又捨不得這塊肥肉。」

鄭莉聽了，說：「你是說這件事是爸爸攪局才把事情給弄沒了？爲什麼呢，他不知道這個項目是你在爭取嗎？」

「當然知道啦，可是人家有原則，要堅持專業精神，要公私分明，我有什麼辦法？還問我是不是又很佩服他了？」傅華無奈地說。

鄭莉說：「那可能是你們這個項目真的不適合中天集團吧？我爸那個人我知道，做什麼都有他一套原則的。」

傅華說：「就目前來看，中天集團確實吃下這個項目有些困難，所以我並沒有怪爸爸的意思。只是孫副市長這次是專門爲了這件事回北京的，如果林董一直避不見面，我這個駐京辦主任不太好交代，所以有點頭痛。」

鄭莉笑笑說：「你也別太爲難了，我看那個孫副市長不是一個不好說話的人，就是見不到面，他也該知道並不是你的原因，不會怪你的。」

傅華煩悶地說：「不管怎麼說，總是我的工作做得不到位。」

鄭莉見傅華悶悶不樂地，便說：「要不我找爸爸說一下，讓他不管怎麼樣，先安排林董見見孫副市長？」

傅華說：「要找爸爸，我也可以找啊，不過就是見了，拿不出解決的辦法來，見了還是白見。」

鄭莉不解地說：「我就有些不明白了，這個項目非要中天集團投資不可嗎？」

傅華搖搖頭，說：「也不是非要中天集團投資不可，只是中天集團目前是對這個項目很感興趣又有實力投資開發的一個公司，市政府就對它很重視，一心想要促成。這個項目因爲需要有一定實力的公司才能開發，已經被擱置了很長一段時間，市裏面的領導就很想早點解決掉，他們不想把市中心那麼一大塊黃金地塊擱置不能開發，不單是經濟上會有很大損失，也影響到市容的觀感問題。」

鄭莉想了想說：「所以現在中天集團就是感興趣，也拿不出這麼多資金來開發是嗎？誒，老公啊，你也別在一根繩上吊死了，還是想想別的辦法吧。」

傅華笑笑說：「有辦法想我就不用犯愁了。」

鄭莉獻計說：「那就再找別家公司嘛，或者一家不行，找兩家公司一起合作啊。」

鄭莉的建議，讓傅華靈光一閃，說：

「小莉，你說的倒不是不可行，原本天和房產想要跟中天集團合作這個項目，找我牽線，我因爲中天集團有放棄這個項目的意思，就把這個提議給放下了。現在看來，也許讓他們兩家合作這個項目，倒未嘗不是一個很好的解決方案。」

原本丁江是想在中天集團爭取到這個項目後，他們從中天集團那裏分一杯羹。現在因爲中天集團本身遇到了困難，對這個項目還在猶豫中，這個想法就只能擱置下來，傅華也無法開口跟林董談。

但是如果是中天集團和天和房產聯合起來爭取這個項目，中天集團就可以緩解資金方面的壓力，天和房產也可以走出目前的困境，倒未嘗不是一個很好的解決辦法。

鄭莉笑笑說：「這下問題不就解決了嗎？」

傅華說：「還不算解決，天和房產這邊沒什麼問題，只是不知道中天集團願不願意跟天和合作，這件事恐怕還是要麻煩爸爸，現在只有爸爸出面說話，那個林董才會聽。不知道他會不會願意牽這個線呢？」

鄭莉說：「他是你老丈人，說一聲總無妨的。」

傅華笑笑說：「這倒也是。」

傅華就撥電話給鄭堅。

鄭堅開玩笑說：「小子，這個時候請我吃飯可有點晚啊。」

傅華笑笑說：「我不是請你吃飯，是有件事想請你幫忙。」

鄭堅說：「什麼事啊，不會又是你們副市長要見林董這件事情吧？」

傅華笑了，說：「林董跟你說了？」

鄭堅說：「是呀，我們剛才碰過面，他跟我說他被海川纏上了，現在很為難。」

傅華笑笑說：「這個林董也太不夠意思了吧？當初可是他求我帶他去海川的，孫副市長給他接風、送行，也算是盡了地主之誼，他現在卻連見孫副市長一面都不肯，算是什麼意思啊？」

鄭堅說：「小子，如果你打電話來僅僅是為了抱怨，那好，你的抱怨我聽完了，你現在可以掛電話了。」

傅華笑了起來，說：「我如果要罵林董，我自己會打電話去罵他的。我打電話給你，不是要你幫我轉告我的抱怨，而是有別的事情需要你幫我轉告他。」

鄭堅笑笑說：「這才對嘛。說吧，你要我轉告他什麼？」

傅華說：「是這樣子，我們海川有一家房地產公司，對這個項目也很感興趣，希望能跟中天集團合作搞這個項目，你幫我問一下，林董有沒有意思跟這家公司談一下？」

鄭堅聽了說：「什麼樣的公司啊，如果是沒有分量的公司，那談都不要談了。」

傅華說：「天和房地產，是一家上市公司。這個分量可以嗎？」

「天和房地產啊，我知道這家公司，這家公司雖然規模不是很大，但這些年發展得還不錯。這個倒是可以談一下。」

傅華說：「那你是否可以讓林董不要老縮著頭不露面了？」

鄭堅笑笑說：「那我跟他說一下，看他究竟是什麼意思。事先聲明啊，他不同意我可沒辦法。」

傅華故意說：「只要你不攔著，我想林董不會不同意的。」

鄭堅笑笑說：「小子，聽你的口氣，對我不讓林董吃下你們那個項目還是耿耿於懷啊，其實你還是沒弄明白，商人對利益是最敏感的，如果這個項目沒我說的那些問題，林董是不會停下跟你們合作的腳步的。所以問題根本就不在我，而是在林董那裏，明白嗎？」

傅華點點頭說：「我明白，不過你跟林董說一聲，就算買賣不成，仁義還是在的嘛，見見面又損失不了他什麼。」

鄭堅承諾說：「行，小子，這點我答應你，無論中天集團想不想吃下那個項目，我都會請林董出面招待孫副市長，這總行了吧。」

傅華說：「那我等你的電話。」

鄭堅掛了電話，傅華衝著一旁的鄭莉笑笑說：「不管怎麼樣，爸爸總算答應讓林董出來見孫副市長了，就算這次合作談不成，我也可以跟孫副市長有個交代了。」

鄭莉取笑說：「你呀，人家孫副市長還不知道像不像你這麼擔心呢，你卻把自己弄得這麼不開心。」

傅華攤了攤手說：「沒辦法，我就是這個毛病，問題不解決，我始終有個心病在。」

確實像鄭莉所說的，孫守義這時候根本就沒在想中天集團這件事，此刻，他和沈佳正在趙老家裏呢。

趙老看到孫守義很是高興，笑著說：「小孫回來啦，怎麼樣，在下面幹得還舒心嗎？」

孫守義說：「謝謝老爺子關心，我在下面還不錯，市長和市委書記對我這個從中央部委下去的幹部還算尊重。」

趙老笑笑說：「那些人能熬到現在這個位置都是聰明人，他們不會故意刁難你的。只是我聽小佳說，你遇到了一個無賴啊？」

孫守義說：「一點小事情，我覺得自己能處理好，才沒跟老爺子您彙報的，沒想到小佳沉不住氣，竟然跟您說了。」

趙老笑笑說：「這你可別怪她，她是擔心你受人家欺負。你說你能處理好，你打算怎麼處理啊？」

孫守義說：「我想過了，我是不會放過那個欺負我的傢伙的，但是，如果只是不痛不癢的給那傢伙一點顏色看，並不能讓他知道我的厲害，我已經在調查那個傢伙的弱點，準備不出手則已，只要出手就要打得他叫痛。」

趙老點點頭，說：「對，不出手則已，出手就一定要狠，讓他知道有些人不是可以隨便招惹的。你在下面就放手去做吧，這個腰我來給你撐。」

孫守義笑了起來，說：「有老爺子這句話，我就越發有底氣了。」

趙老看了看沈佳，說：「小佳，你看到了吧，小孫做事很有一套的，所以你就放心吧。」

沈佳立即說：「老爺子，有您這麼教導他又護著他，我能不放心嗎？」

沈佳的話，讓趙老高興的笑了。

## 第四章

# 利益共同體

孟森之所以能在海川橫行霸道，不僅僅是因為他上面有人罩著，
更是因為孟森已經在海川跟各方面利益糾葛在一起，形成了一個利益共同體。
想要打擊其中的一點，這個共同體中的其他人就會來維護他，讓你無法打擊到他。

鄭堅的回覆電話打了過來，說：「小子，我跟林董說了你的意思，他對你的提議很感興趣，同意跟這家天和房產接觸一下看看。這下你滿意了吧？」

傅華笑笑說：「我滿意什麼啊，這又不是我的事情，他是有利可圖才答應接觸的吧。」

鄭堅說：「不管怎麼說，他同意跟這家公司接觸了，你看什麼時間讓這家公司的人來北京談一談？」

傅華說：「我就是現在通知天和，他們也得明天才能過來吧？」

鄭堅笑笑說：「那你就通知他們，看他們什麼時候能夠來人，然後跟我說一聲，林董這邊也好做出相應的安排。」

傅華說：「我馬上通知他們就是了。」

傅華就打電話給丁江，丁江一聽中天集團願意跟他接觸，十分高興，說明天就帶著丁益來北京。

傅華又趕緊通知了鄭堅，鄭堅說：「那行，他們來了，林董就會安排跟他們談的。」

傅華說：「那孫副市長那邊呢？」

鄭堅笑笑說：「孫副市長那邊，林董自然會安排的，你放心，明天孫副市長就會接到林董的電話的，他會在百忙之中抽空從天津趕回北京，好好招待一下你們的孫副市長

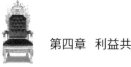

的。」

傅華聽了，忍不住笑了起來，說：「那我真要先謝謝林董這麼夠意思了。」

第二天，丁江帶著丁益趕到北京，傅華把他們接到了駐京辦，把他這段時間跟中天集團接觸的情形跟丁江說，目的是提醒丁江，目前這個狀況，不僅僅是他們需要中天集團，中天集團也需要他們的合作，所以在談判的時候，不必過度對中天集團讓步。

丁江聽了後，點點頭說：「我心中有數了，老弟。」

傅華正跟丁江父子聊天時，孫守義的電話就打了過來，說：「傅華，林董打電話說，他正從天津往北京趕，要跟我見面、給我接風呢，是不是你昨晚做了什麼了？」

傅華笑笑說：「我正想跟您彙報這件事呢，是這樣的，天和房產公司對舊城改造項目也很感興趣，有意跟中天集團聯合開發。」

孫守義聽了說：「你是說丁江準備跟中天集團合作？」

傅華說：「是啊，丁董父子已經到北京了，您看是不是要跟他們見一見？」

孫守義笑笑說：「當然要見了，他們在哪裡啊？」

孫守義明白是丁江的參與才讓中天集團轉變了態度，他對丁江自然是很歡迎；另一方面，孟森的事也讓他感覺到在海川建立自己勢力的緊迫性。

他知道丁江在海川商界的地位，也知道前陣子丁益跟穆廣爲了一個女人爭風吃醋的事，所以搞得公司業務受到影響，如果自己在這時候幫他們一把，促成他們跟中天集團的合作，相信丁氏父子一定會對他心存感激。他與丁江也能透過這件事情建立起一個緊密聯繫，將丁江父子視爲自己的人馬了，這對他也算是一個意外之喜。

見到丁江父子時，孫守義熱情地跟丁江握了握手，說：「丁董，歡迎您來北京啊。」

丁江先抱歉說：「孫副市長客氣了，對於天和跟中天集團合作承攬舊城改造項目，沒有事先跟領導們溝通，希望您不要介意啊。」

孫守義笑笑說：「怎麼會呢，你們這是幫市政府解決難題，我歡迎還來不及呢，又怎麼會介意呢？這位是令公子吧？」

丁益立刻說：「您好，孫副市長。」

孫守義跟丁益也握了握手，打量著丁益，想看看這個跟穆廣起衝突的年輕人是什麼模樣，果然是青年才俊，也難怪那個女人會著迷了。

孫守義稱讚道：「你好丁總，真是虎父無犬子啊，丁董，你後繼有人啊。」

丁江笑笑說：「什麼呢，這傢伙不給我惹麻煩就不錯了。」

簡單的寒暄過後，幾人坐了下來。

孫守義看了看丁江，問道：「丁董，不知道你們公司想如何跟中天集團合作啊？」

丁江說：「目前只是有些初步的設想，還沒跟中天集團具體談過，最後跟中天集團會達成一個什麼樣的合作，現在還不好說。」

丁江告訴孫守義，他希望能夠跟中天集團共同分攤資金的部分，而拆遷和興建工程方面則由天和負責。

孫守義聽完後，點了點頭說：

「我真心希望你們能合作成功。你們也知道，這個項目已經拖了好些時日，市裏面也很著急，但又希望由優質的公司來參與這個項目的開發，你們天和房產在海川是有口碑的，中天集團也不用說，在北京算得上是數一數二的公司，你們兩家若是能合作，就真的雙贏了。我相信只要你們聯手，一定能把舊城改造項目弄得很好的。而且不但我會支持你們，我相信市裏的一班領導也會大力支持你們的。」

丁江笑笑說：「謝謝孫副市長對我們天和公司的信任，您放心，我們一定盡力爭取跟中天集團達成合作，把這個項目給搞好的。」

丁江和孫守義又閒聊了一會兒，丁江和丁益就告辭回房間休息去了，他們剛下飛機，旅途勞頓，需要休息一下好準備參加晚上跟林董的宴會。

將丁江父子送出傅華的辦公室後，孫守義對傅華說：「傅華，這件事你處理得很好，算是幫我解決了一個難題啊。」

傅華謙虛說：「孫副市長您客氣了，剛好也是丁董找到我了，我就幫他們牽一下線，舉手之勞而已。」

孫守義笑笑說：「事情看起來輕易，真要做起來也不是那麼簡單的。好了，我們又不是外人，你在我面前就不需要這麼謙虛了吧？」

一句「我們又不是外人」，讓傅華心中有些警惕了起來，雖然領導把你歸納為自己人，好像是件好事，但實際上領導這麼說的時候，往往是有一些不能跟外人說的事情要拜託你來辦了。孫守義是不是有什麼事需要自己去辦呢？

傅華看看孫守義，笑了笑說：「其實真的是舉手之勞了。」

孫守義擺擺手說：「好啦，是不是舉手之勞我們不去討論了。傅華，有件事我想問你一下。」

果然是有事！傅華小心地說：「什麼事情啊，孫副市長？」

孫守義說：「我想詳細瞭解一下孟森的情況，那次你勸我不要去動孟森，看來你是很瞭解孟森了？」

傅華看了看孫守義，聽起來孫守義是不打算先放過孟森一馬了，這一切的改變，肯定就是因為那次林珊珊在沈佳面前說的那番話了。

看來不但沈佳是一個喜歡干涉丈夫工作的妻子，這孫守義也是一個很輕易就被老婆說服的丈夫。

雖然傅華並沒有什麼大男人主義的想法，可是對一個男人這麼聽從妻子的話，他心中多少還是有些不屑。

不過這種不屑的感覺當然是不能表現出來的，傅華便笑笑說：「孫副市長，對孟森，你是不是改變了主意了？」

孫守義點了點頭，說：「我認真考慮過了，我覺得這個人對我們海川來說，是一個毒瘤，他之所以能在海川這麼肆意妄爲，完全是因爲一些同志對他縱容的結果。你想想，他對我一個常務副市長都敢那樣子，對別人就更別說會怎樣了。這種人絕對不能再放任下去，否則會形成尾大不掉之勢。」

他的話說得很是冠冕堂皇，如果不是沈佳跟傅華說過孫守義應該要在海川早一點做出成績來，傅華幾乎會覺得孫守義是一個理念很崇高的人了。但是他知道孫守義說這些，不過是爲他將要採取的行動找一個很好的藉口罷了。

傅華並不想隨孫守義起舞，可是也不能不回答，就說：「那孫副市長您想要瞭解孟森哪一方面呢？」

孫守義看了傅華一眼，見傅華並沒有迎合他譴責孟森，反而表情冷淡的問他想要瞭解孟森什麼，他是個聰明人，明白剛才那番說辭並沒有打動傅華，反讓傅華覺得自己虛僞了。

孫守義便笑了笑說：「我知道，我剛才說的可能太武斷了，因爲是在你面前，所以我可以說得坦白一些。不管怎麼說，也不論出於何種目的，孟森這種人是需要有人給他一點教訓的，我相信從你的道德認知上也無法接受讓這種人在海川橫行無忌吧？」

孫守義這句話倒是對的，傅華的確也看不慣孟森，他只是無法拿孟森怎麼樣，也就不得不接受目前這個局面。既然孫守義有對孟森動手的意思，無論他出於什麼目的，從結果上來看，是懲治了邪惡，維護了海川的正義。從這個角度上看的話，傅華覺得應該幫孫守義。

傅華說：「是呀，我早就看不慣這個孟森了，如果能給他一點教訓，我也是很高興的。」

孫守義笑笑說：「那我們就達成一致了。」

傅華問：「不知道孫副市長準備怎麼做？」

孫守義說：「這就是我要問你的問題，你覺得我該怎麼出手才能狠狠地教訓他呢？」

傅華想了想說：「要狠狠地教訓他，需要針對他的根本，孫副市長知道他的根本在什麼地方嗎？」

孫守義搖了搖頭，說：「我對他具體的情形並不太熟悉，你說他的根本在什麼地方呢？」

傅華說：「他的根本就在他手裏的幾家夜總會，孟森是從黑道起家的，他並沒有什麼經營方面的能力，他的興孟集團只是他掩護身分的一個空架子，那幾家夜總會才是他發家的基礎，也是他主要的財源，如果您有什麼辦法針對這幾家夜總會，打擊他的財源，我想孟森的日子一定會不好過的。」

孫守義點點頭說：「這就好辦了，夜總會賺錢的肯定是黃賭毒，只要我讓海川警方針對這三樣清查孟森的幾家夜總會，相信很快就能切斷孟森的財源，給孟森一個教訓了。」

傅華看了看孫守義，笑笑不語。

孫守義愣了一下，說：「你覺得我這個辦法行不通？」

傅華點了點頭，說：「如果事情這麼簡單的話，我想孟森早就被打垮了。事實上，張琳書記和金達市長也不願意看著孟森在海川橫行霸道，他們不是不想打擊孟森，而是有很多事情不得不顧忌，加上上面還有一個不太好惹的孟副省長，使他們不得不放棄對付孟森。」

孫守義說：「孟副省長我不怕，其他還有什麼地方是需要顧忌的？」

傅華反問說：「您也知道，公安部門每年都有針對黃賭毒這三項的專門清掃行動，可是為什麼孟森的夜總會不但沒事，還大賺其錢呢？」

孫守義說：「那不用說，肯定在相關部門中有他們的保護傘，有人在護著他，孟森才敢這樣子。」

傅華點頭說：「就是這個樣子，所以我敢跟您打包票，如果您讓海川警方針對孟森的夜總會採取什麼清掃行動，結果很可能是一無所獲，一定會有人將相關部門的行動通知孟森的，最後弄得灰頭土臉的一定是您，而不是他們。」

孫守義詫異地說：「他們真的會跟孟森沆瀣一氣嗎？」

傅華笑笑說：「那您怎麼解釋孟森的夜總會能一直的存在呢？其實我對海川警方早就有些不信任，之前我和鄭莉有一次回海川，晚上竟然還有警察闖上門來查房，結果差點讓想來設廠投資的外商打退堂鼓。事後金達市長也特別指示警方調查這件事情，但最後仍是不了了之。」

孫守義從來沒在地方上待過，對基層的運作方式並不熟悉，他這時候瞭解到，很多事情並不因爲他是領導，就能順理成章的調動下面的部屬幫他達到某種目的；就算調動了，很可能也是陽奉陰違，因爲這裏面牽涉到的各方利益更爲複雜。

孫守義不說話了，看來事情遠比他想的還要麻煩，他開始懂得傅華勸他暫且忍耐的苦心了。

這個孟森之所以能在海川橫行霸道，不僅僅是因爲他上面有人罩著，更是因爲孟森已經在海川跟各方面利益糾葛在一起，形成了一個利益共同體。你想要打擊其中的一點，這個共同體中的其他人就會來維護他，讓你無法打擊到他。

可是他又不能不動這個孟森，趙老還在等著看自己怎麼做呢。

孫守義看了看傅華，爲難地說：「那就沒別的辦法了嗎？」

傅華說：「辦法其實也不是沒有，看您要達到什麼目的了？如果您只是想小小的懲戒孟森一下，問題就簡單了。」

孫守義問：「怎麼個簡單法？」

傅華笑笑說：「小小的懲戒是讓孟森知道您對他有些不高興了，所以給他找點麻煩就能達到目的了。」

孫守義不解地說：「現在警方都跟孟森沆瀣一氣了，這個麻煩要怎麼去找呢？」

傅華語帶保留地說：「要達到這個目的，可能需要耍一點小詭計，這有點不太合適，可能您不一定願意這麼去做的。」

孫守義說：「你不妨說說看，要不要去做，我自己來判斷。」

傅華說：「要達到這個目的，需要給海川警方一點壓力，只有海川警方感受到了這種壓力，他們才會真的對孟森的夜總會採取行動的。當然了，很可能最終的結果也是用來敷衍您的，但是爲了敷衍您，孟森多少還是會付出一點代價的。」

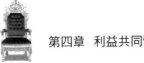

孫守義看了看傅華，說：「那怎麼樣讓海川警方感受到一點壓力呢？」

傅華笑笑說：「這問題說起來既簡單也複雜。」

孫守義忍不住說：「別跟我玩這種打啞謎的遊戲啦，趕緊公佈答案吧。」

傅華說：「比方說您辦公室接到了很多投訴海川警方的一些領導跟孟森有來往、包庇孟森夜總會的舉報信，您是不是可以拿這些舉報信給海川警方施加點壓力呢？當然我這只是打一個比方，並不是真的說要您這麼去做。」

孫守義笑了起來，說：「應該不會有這麼巧的事吧，那些舉報信不會這麼巧剛好就在這個時候出現吧。」

傅華語帶玄機地說：「對啊，這就是問題複雜的地方，不會恰巧就在需要的時候出現舉報信的。」

孫守義笑說：「這麼做是能把問題簡單化，也能給孟森一點教訓，可是並不能解決實際問題啊？孟森並不會被傷筋動骨的。」

傅華說：「如果要真正徹底解決孟森這個問題，恐怕就不能找海川警方，要找省公安廳了。」

說到這裏，傅華看了看孫守義，他不知道孫守義背後的人會不會爲了孫守義動員省公安廳的力量，也不知道孫守義背後的力量能不能調動省公安廳的力量。

孫守義搖了搖頭，說：「你不用看我了，目前我還不具備這種能力，也不想爲了這件事驚動太多方面。不過，傅華，孟森的事，我也絕對不會只給他一點小小的懲戒就算了的。」

孫守義這麼說，傅華就明白孫守義想要怎麼做了，他肯定會給海川警方施加壓力，先薄懲一下孟森，但事情到此並不算完，孫守義內心中一定是打算徹底的解決掉孟森的，不過那可能要放到他把條件都準備好的時候。

林董的電話打來時，已經是下午六點鐘了，說他趕回來了，可以跟孫副市長一起吃頓飯見見面什麼的。

孫守義和傅華都知道林董說去天津只不過是一個不想見面的幌子而已，因此孫守義對林董遲到這個時間才肯打電話過來，心裏未免有些芥蒂，心說再怎麼樣我也是一個副市長，在海川多少商人想見我都見不到，我這麼遠跑來北京，給你很大的面子，還這麼擺架子給我看，真是有點離譜了。

不過，這口氣也不得不受，孫守義還得裝出熱情來跟林董應酬，說一些辛苦了之類的廢話。

林董說了一家酒店的名字和地址，讓孫守義和傅華趕過去見面。

傅華打電話問丁江，林董也約了他們。四人一起到了酒店，林董已經在大廳等候了。

林董見到孫守義，快步走過來跟他握手，笑說：「不好意思啊，孫副市長，我被天津的事情給絆住了，剛剛才得脫身就匆忙趕回來，讓您久等了吧？」

孫守義跟林董握了握手，說：「林董真是太客氣了，您能這麼快就趕回來，我應該感謝你才對，要不然的話，我還不知道要等到什麼時間才能回去呢。」

孫守義話中有些譏諷的意味，林董倒也不以為意，自己如果跟天和集團合作的話，還是會和這個孫副市長打交道，這時候沒有必要為了一點小事去鬧意氣，就笑笑說：「我就是知道孫副市長在北京等著我，才把事情匆忙結束，趕了回來的。不過還是很抱歉。這樣子，下次孫副市長您如果再回來的話，提前跟我說一聲，我早點安排好了，去機場接您去，好不好？」

林董的話綿裏藏針，他是在告訴孫守義：你事先不打招呼就回北京，我不在北京等你也很正常啊。

孫守義自然聽了出來，他不想繼續跟林董鬥嘴下去，就說：「那我可記住您今天的話了，下次來北京，我跟林董就在機場見了。」

林董笑笑說：「一定，一定。」

孫守義就側了一下身，指了指一旁的丁江，說：「這位是天和公司的丁董，我想林董已經知道他了吧？」

林董上前一步跟丁江握手，笑著說：「知道，知道，可惜上次去海川來去匆忙，沒有機會跟丁董見著面。」

丁江笑笑說：「您好，林董，我可是早就聽說中天集團的大名了。」

林董說：「您客氣了，天和房地產的名頭我也知道，我還想跟您請教一下房地產公司上市的訣竅呢。您可能不知道，我們公司正想運作上市呢，希望丁董有什麼好的經驗，可要不吝賜教啊。」

丁江笑笑說：「我也沒什麼經驗可談，不過實務操作方面，林董有什麼不明白的，我倒是可以跟您說說。」

林董說：「好，我們以後可以慢慢交流。這位是？」

丁江笑笑說：「這是犬子丁益，在天和做總經理。」

丁益上前跟林董握了握手，說：「您好林董，您上次去海川我跟您沒見上面，不過有幸跟令嫒一起吃過飯。」

林董愣了一下，說：「這麼說你見過珊珊啊？」

丁益笑笑說：「她沒跟您說嗎？」

林董上下打量著丁益，說：「這倒是沒有，我這個女兒啊，任性慣了，好多事都不跟她這個老爸說的。」

丁江感慨說：「現在的年輕人都一樣，做什麼都是自己拿主張，根本就不跟我們這些老傢伙說了。」

林董笑笑說：「也不能這麼說啊，令公子在你們天和都做到總經理的位置了，肯定是十分的幹練，不像我女兒，什麼事情都不幫我。」

傅華在一旁，看林董似乎是很欣賞丁益，他多少能理解一點林董此刻的心情，作爲辛苦創業的第一代來說，他們內心十分渴望自己的下一代能夠接續他們的事業，好讓家族事業有更好的未來。但往往事與願違，不論是林珊珊也好，自己的前妻趙婷也好，她們對家族的生意都沒什麼興趣，這難免會讓林董這樣的富一代感覺後繼無人，因此就更羨慕那些能幫上忙的富二代了。

丁益顯然就是這種年輕有爲的富二代，林董對他的欣賞也就很自然的了。

眾人又說了幾句客套話，就分別入席，服務小姐開始上菜，眾人邊喝酒邊聊了一些閒話，漸至半酣。

酒桌上的氣氛開始活絡起來，孫守義端起酒杯，衝著林董說：

「林董，不是我說您，您可有點不夠意思啊，我記得您在海川的時候，可是答應我們，說很快就會派人去海川做調研的。現在不但這麼久沒派人過去，我跑來北京您還避不見面。這可就不對了，是不是我在海川有什麼事情沒做好，讓你感覺到不痛快了？如果有的話，我喝了這杯，當向你賠罪了。」

說完，孫守義就要把杯中酒給喝了，林董一看，趕忙攔了下來，說：

「孫副市長，您千萬別這樣子，我跟您說，真的不是我不想派人過去，是我一回來，公司的事情太多，才把海川的事給耽擱下來了，要說賠罪，應該我來賠罪的，這杯該我喝才對。」

兩人都說該自己喝，爭執了起來。

丁江居中作和事佬說：

「好了兩位，你們別爭了，這樣子，你們兩位一起喝，大家誰也不需要跟對方賠罪，我陪一杯。這樣子行了吧？」

兩人點了點頭，三人就笑著碰了杯，一起把杯中酒給乾掉了。

喝完酒後，孫守義看著林董笑笑說：「這麼說，我很快就能在海川見到中天集團的人了？」

林董笑笑說：「那是自然，現在丁董的天和房產公司要加入，只要我們談妥合作框架，馬上就會派人過去的。」

孫守義說：「那你們什麼時間開始談判啊？」

林董說：「我想明天就可以開始談判了。孫副市長，您明天如果有時間，可以過來指導一下啊。」

孫守義心說：我給你的面子已經夠多了，不需要再陪你玩下去了，就笑笑說：「我後天就要回海川了，明天想好好陪陪家人，所以我明天就不參與你們的談判了。」

林董一副惋惜的樣子，說：「我還想這兩天跟孫副市長找個好地方散散心呢，您怎麼這麼來去匆忙啊，就不能多留幾天嗎？」

孫守義說：「先謝謝林董了，以後有機會再說吧。我是真的沒辦法多留幾天，林董既然答應儘快派人去海川，我就完成此行的任務了，市裏面還有一大堆事情等著我回去處理呢，要來海川投資的客商也不在少數，我還要趕回去接待他們呢。」

林董聽出來孫守義有些示威的意思，他是在說海川市不一定非求著你們中天集團，來投資的人多著呢。林董便笑笑說：

「那行，我就不強留孫副市長了，這樣吧，明天晚上我給您設宴餞行好了。」

孫守義見此行目的已經達到，就不想再浪費時間跟林董應酬了，他還需要留點時間給林珊珊呢。一想到他一邊在跟林董應酬，私底下卻和他的女兒幽會，不免感到一絲好笑，不知道林董知道後會是怎樣想呢？

如果他知道自己的女兒跟一個有婦之夫偷情，心裏肯定不會高興吧。

想到這裏，孫守義心裏就有些占了便宜的竊喜，他對林董避不見面的氣憤就完全消除了，便笑笑說：

「林董，希望您能體諒，給我一點跟家人相處的時間。我想我們喝酒的機會還是很多的。等您去海川時，我陪您好好喝一下。」

林董說：「您這麼說，我還真不好再耽擱您明晚的時間了，既然這樣，今晚我們就再敬你一杯酒，算是給您送行了。」

眾人就一起站了起來，跟孫守義滿飲了一杯，酒宴盡興而散。

散席後，傅華先送孫守義回家。

孫守義下車時，對丁江說：「丁董，舊城改造項目就看你們的了。」

丁江笑笑說：「您放心回去休息吧，我們一定爭取跟中天集團合作，拿下這個項目。」

孫守義走了之後，丁江對傅華說：「老弟，這個孫副市長看來不錯啊。」

傅華說：「他是個想要幹點事情的人，當然不錯了。」

傅華接著送丁江父子回海川大廈。

在路上，傅華開玩笑說：「丁益，我看那個林董對你印象很不錯，一晚上都在打量你，是不是他想讓你做他的女婿啊？」

丁益笑說：「傅哥，你饒了我吧，那個林珊珊你又不是不知道，她的大小姐脾氣我可招架不住。」

丁江在一旁不高興的說：「你是不是就招架得住關蓮那種女人啊？」

丁益沒想到丁江會說這種話，皺了一下眉頭說：「爸爸，你說這些幹什麼？傅哥也在這裏呢，你這麼說讓我多尷尬啊！」

丁江說：「你怕我說就別幹那種事情啊！傅老弟又不是外人，當著他的面說也沒什麼。」

傅華笑笑說：「丁董，那件事已經算是畫上句號了，您就別提了吧，我看丁益也確實知道自己錯了。」

丁江埋怨說：「他什麼知道自己錯了，人家林董看上他，他應該感到榮幸才對。」

丁益愣了一下，看看丁江說：「爸爸，你不會真是想讓我去跟那個林珊珊套交情，好促進你跟林董的合作吧？」

丁江不以爲然地說：「怎麼，不行啊？丁益，你也爲公司的事情打算一下好不好？」

丁益叫說：「那也不能犧牲我的幸福來爲公司爭取利益啊！」

丁江生氣說：「你爲了一個不正當的女人犧牲公司的利益就可以？你就不能稍微試著

和她交往一下嗎？再怎麼說，林董的女兒是正當人家的女兒，再差也不會比那個關蓮差吧？」

丁益語帶無奈地說：「爸爸，這兩者是不能這麼比的。」

丁江哼了聲說：「一個是中天集團的千金，一個是人家的小三，當然是不能比的。」

丁益煩躁地說：「你怎麼能這麼說？我不想跟你說了，你真是不可理喻。」

丁江氣說：「誰不可理喻了？天和之所以還要跑到北京來求人合作，這可都是拜你所賜。丁益，你給我聽清楚了，我們這次跟中天集團的合作，事關我們天和未來的發展，我希望你能配合促成這件事，我可不想因爲你毀了這次的合作，所以你要做什麼，都要給我想清楚了再去做。」

丁益攤了攤手說：「爸爸，就算我配合你的想法，也要人家林珊珊喜歡我啊？這種事情要你情我願，可不是硬湊就能成的。」

丁江教訓說：「她喜不喜歡你再說，反正你要對她好一點，不要拿出你的倔脾氣，嫌人家什麼大小姐脾氣，你也不看看自己什麼德行。」

因爲關蓮的事，丁益心中對父親和公司不免有些虧欠，便苦笑著說：「好啦，你別說了，我照你說的去做就是了。」

父子倆就都不說話了，車內就有些尷尬。

傅華趕緊緩和氣氛說：「丁董，您覺得那個林董真的很欣賞丁益嗎？」

丁江笑笑說：「我覺得是有一點，要不然他也不會那麼一直打量丁益。老弟，你覺得這件事情怎麼樣？」

傅華看了丁益一眼，發現丁益也正在看他，就笑笑說：「如果那個林珊珊願意，倒不失爲是一門門當戶對的好親事啊。」

丁益苦笑了一下，說：「傅哥，你不會也要湊這個熱鬧吧？」

丁江瞪了丁益一眼，說：「你懂什麼，傅老弟這才是閱世經歷豐富的人說的話，門當戶對有什麼不好啊？丁益啊，這種才適合你，你醒醒腦子吧，玩那種浪漫只能害人害己。」

丁益沒好氣的說：「你愛怎麼說就怎麼說好了。」

說話間就到了海川大廈，傅華笑著說：「兩位好好休息吧，明天還要跟中天集團談判呢。」

丁江點點頭說：「傅老弟，你也早點回去休息吧。」

丁益因爲生氣傅華一直幫著丁江講話，悶聲說了句：「傅哥我上去了。」也不等丁江，就先下車進了海川大廈。

丁江在後面搖搖頭，說：「傅老弟啊，你說我這個兒子什麼時候才能真正成熟啊。」

傅華只好勸說：「丁董，您也別太擔心了，我想丁益慢慢會理解您的心情的。」

丁江苦笑著說：「希望吧，好了，老弟，你趕緊回去吧。」

第二天，孫守義醒來時已經十點了，家裏靜悄悄的，沈佳上班去了，孫守義打電話給林珊珊，約她見面。

他這次回北京基本上已經完成了預期的目標，一是中天集團跟天和的合作；此外，對如何處置孟森，他已經胸有成竹，所以心情非常輕鬆，正適合跟林珊珊這個小情人相會。

林珊珊很快接了電話，抱怨說：「你總算想起我來了。」

孫守義討好著說：「好啦，我好不容易才擠出時間的，就不要浪費寶貴的時間，趕緊見面吧。」

兩人就約了一家酒店，匆忙趕去相會。

一見面，久曠的饑渴讓兩人身體就像要燃燒起來一樣，話都沒說就熱吻在一起，撕扯著就倒在了床上。

等兩人耗盡氣力，停下來的時候，林珊珊軟癱在孫守義的懷裏，緊緊地擁著他，嬌喘吁吁。

孫守義輕輕地撫摩著林珊珊玉潤的美背，輕聲說：「珊珊，剛才的感覺真是太好了。」

林珊珊得意地說：「這種感覺你老婆給不了你吧？」

孫守義說：「這時候提她幹什麼，多沒趣啊。」

林珊珊嗤了聲，說：「我提不提她，她不是都存在著嗎？」

孫守義愣了一下，看了看林珊珊臉上的表情，林珊珊一臉的不高興，他心裏動了一下，這個小情人是不是有什麼別的想法了？

孫守義笑笑說：「怎麼了，她什麼地方惹到你了？」

林珊珊說：「她倒沒故意惹我，而是上次我和她吃飯的時候，她提起你來，一口一個我們家守義的。當時我心裏很不是滋味，雖然我們現在這麼親密，可是我永遠沒有機會在別人面前說出『我們家守義』這個話來。」

孫守義緊張了起來，林珊珊這麼說的意思，難道是她不滿足於情人的身分，想要更進一步要求婚姻的誓約嗎？

女人往往都是這樣，一開始說什麼都不要，可是當兩人慢慢發展下去，就變成什麼都要了。

這對孫守義來說可不是件好事，一方面他還不能跟沈佳翻臉，他現在所有的一切都是沈佳帶給他的，如果翻臉，他的一切都會被奪走的。

孫守義相信林珊珊會跟自己在一起，不過是過慣了富足的大小姐生活，想要從中尋找一點刺激罷了。何況，林珊珊的家族在北京也是有頭有臉的，如果她遭受家族強大的阻力，她會不會堅持跟自己再在一起都是個未知數。

畢竟她需要依賴她父親，才能享受到目下這種優裕的生活，如果到時候她父親跟她決裂，切斷她的生活來源，兩人在一起還能不能這麼浪漫就很難說了。

所以目前最好的選擇就是維持現狀，這樣既能享受到沈佳家族的後援支持，又能享受林珊珊曼妙的身體。

孫守義緊張地說：「珊珊，你說這個是什麼意思啊？」

# 第五章

# 鹹魚翻身

穆廣是一個很仗義的領導，這也是劉根受了牽連，卻無法懷恨穆廣的原因之一。

眼前這個孫守義給劉根的感受，也是很仗義。

看來孫守義真的有幫助自己的意思。

這是真的嗎？自己難道真的要鹹魚翻身了嗎？

林珊珊看出孫守義很緊張，笑說：「好了守義，我沒別的意思，只是有感而發罷了，你別那麼緊張好嗎。」

孫守義鬆了口氣，說：「珊珊，你是不是覺得跟著我有些委屈了？」

林珊珊搖搖頭，有些失落地說：「沒有，我們在一起的時候，是我最快樂的時候。只是我心裏很清楚，我們是沒有未來的，就算你能跟你老婆離婚，我也無法跟我爸交代。我們還是珍惜現在，能快樂一天就是一天吧。」

孫守義安撫說：「珊珊，別這麼傷感了，我好不容易才回來一趟，我們應該高興才對啊。」

林珊珊苦笑了一下說：「守義，我也不想這個樣子，可是有些事情總是要面對的。你知道我爸爸昨晚跟我說什麼嗎？他問我現在有沒有男朋友呢？」

孫守義沒當回事，笑笑說：「幹嘛，你爸想給你介紹男朋友啊？」

林珊珊說：「他真有那個意思，海川那個天和房產公司的丁益不是來北京了嗎？我爸就問我對這個丁益印象怎麼樣，看樣子，他似乎對丁益印象不錯。」

孫守義說：「你別看這個丁大公子外表斯文，實際上卻是個風流情種，曾經跟海川市一個副市長爭過同一個女人呢。」

林珊珊詫異地說：「哦，想不到他還做過這麼有意思的事，到底怎麼回事啊，跟我說一下好不好？」

孫守義瞅了林珊珊一眼，說：「幹嘛？你不會因為這個就對他感興趣了吧？」

林珊珊說：「哎呀，他不是我的菜啦，我只是覺得好玩，你快告訴我，究竟是怎麼回事啊？」

孫守義就把丁益和關蓮、穆廣的三角關係約略的說了一下。

林珊珊聽完後，笑了笑說：「想不到這個丁益還真是個情種啊，你等著，今晚我爸讓我跟丁益和他父親吃飯，到時候我一定要好好問問他跟那個女人究竟是什麼關係。」

孫守義饒有趣味地說：「你要幹嘛？」

林珊珊說：「我這麼一問，估計我父親就知道我和丁益是不可能的了。」

孫守義趕緊說：「那可不行，你父親會奇怪你是怎麼知道這件事的，那你要怎麼說啊？是不是要說是我跟你講的啊？」

林珊珊吐了一下舌頭，「那還是算了吧，就先放過這個情種好啦。」

兩人就把這個話題放了下來，又在床上盤桓了很長時間，看看時間不早，林珊珊還要去參加她父親安排的晚宴，而孫守義也需要趕緊回家，兩人這才各自穿好衣服離開。

孫守義回到家，沈佳還沒回來，他感覺有些疲憊，就去臥室躺了下來，不知不覺睡了過去。

也不知道什麼時間沈佳回來了，看到孫守義睡得很熟，也沒叫他，就去做飯了。飯做好，沈佳到臥室，看孫守義還在睡，就輕輕地推了他一下。

孫守義被推醒，睜開眼睛看了看沈佳，說：「你回來了？」

沈佳笑笑說：「我回來有一會兒了，飯都做好了，起來吃飯吧。」

孫守義詫異地說：「沒想到我睡了這麼久。」

沈佳不疑有他，取笑說：「你今天都幹什麼了，累成這個樣子？」

孫守義心虛的笑笑說：「也沒有做什麼，可能是一整天沒事做太閒了的緣故吧。」

沈佳看了看孫守義，覺得孫守義臉色有些蒼白，擔心地說：「守義，我看你的臉色不太好，是不是病了啊？我看看，你是不是有點發燒？」

沈佳習慣性的用頭去碰孫守義的額頭，這是他們夫妻間常用的一種測試有沒發燒的方法。

沈佳感覺孫守義的額頭並沒有發熱，疑惑的說：「也不熱啊？」

知道丈夫沒有發燒後，沈佳心放了下來，正準備把額頭收回來時，忽然感覺到丈夫身上有一股女人的香水味。

這個香味有點熟悉，她似乎曾經在某個女人身上聞到過。

沈佳是一個心細如髮的人，她很快想到了這個香味是在什麼人身上聞到過的，那天跟傅華夫婦一起吃飯時，林珊珊就是用的這種香水：迪奧的粉紅誘惑。

這是怎麼回事啊？丈夫今天見過林珊珊了嗎？還是湊巧有一個跟林珊珊用同一種香水的女人在一起過？

沈佳心中起疑，鼻子忍不住吸了兩下，孫守義察覺到了她的異常，他馬上就意識到哪裏出問題了，因爲他自己也聞到了那股淡淡的香氣。

他不禁暗自懊悔，不該一時大意，在跟林珊珊分手時還要去抱她一下，才會沾上了她的香氣。回到家後，他又很疲憊，就沒顧得上檢查身上有沒有異常。

這該怎麼辦呢，自己要怎麼跟她解釋？

孫守義腦子飛快的轉動著，他知道不能裝作什麼事情都沒發生，自己一定要爭取主動，拿到發言權。

他看了看沈佳，硬著頭皮搶在沈佳之前先發言了。他說：

「小佳，你怎麼了，我什麼地方不對勁了嗎？」

沈佳愣了一下，香味並不能代表什麼，她隨即笑笑說：「沒什麼，我只是聞到你身上怎麼這麼香啊？」

沈佳說話的時候，孫守義已經想好了應對之策了，他說：

「這個啊，哎呀，今天一個農業部的女同事在街上見到我，說好久沒見到我了，非要跟我抱一下，所以可能沾到了她的味道。怎麼，你懷疑我背著你跟別的女人來往啊？」

孫守義這個解釋倒也說得過去，沈佳不好再深究下去，便笑笑說：

「沒有啦，我們夫妻這麼多年，我還不瞭解你嗎？因爲你從來不用香水，突然身上這麼香，我有些意外罷了。好了，趕緊起來吃飯去吧。」

孫守義笑了笑說：「哎呀，看來我今後跟女人相處還真得小心一點了，不然的話，還真會被你懷疑上了呢。」

孫守義這麼說，沈佳反而被說得有些不好意思了。

兩人就放下了這個話題。孫守義此刻心裏才徹底鬆了口氣，總算是把沈佳給敷衍過去了。

兩人去了餐廳，孫守義看沈佳特地多做了幾個菜，知道她是爲自己餞行，就說：「好豐盛啊，今晚一定要喝一杯了。」

沈佳開了一瓶紅酒，孫守義給自己倒了一杯，端起酒杯說：「小佳，我知道我不在家你又要工作，還要照顧兒子很辛苦，這杯我敬你。」

沈佳笑笑說：「守義啊，只要你能在海川做出點成績來，我就是辛苦一點也沒什麼的。你如果體諒我的辛苦，就早點拿出成績來，早點回來跟兒子和我團聚。」

孫守義舉杯說：「那我們就共同努力，一起乾了這一杯。」兒子也在一旁端起了他的飲料，跟夫妻兩人碰杯，三人的杯子碰到了一起，發出了輕脆的聲音。

孫守義放下了杯子，拿起筷子笑著說：「我餓壞了，我可要吃了。」

沈佳笑了笑說：「你就趕緊吃吧。」

孫守義是真的餓壞了，他和林珊珊躲在房間裏鬼混，根本就沒顧得上吃午飯，於是開始狼吞虎嚥的吃了起來。

沈佳看著吃得很歡的孫守義，若有所思。

孫守義跟同事相抱的畫面在腦海裏又浮了上來，她將孫守義在農業部的同事在腦子裏過了一遍。她跟孫守義結婚這麼多年，對他農業部的同事是熟得不能再熟了，她無法將其中任何一位同事跟迪奧的粉紅誘惑重合在一起，她可以肯定農業部的女同事沒有一個是用這種香水的。

孫守義吃了一會兒，看沈佳看著自己發呆，便問說：「小佳，你在想什麼？你怎麼不吃啊？」

沈佳掩飾說：「沒什麼，只是你明天就回海川了，我心裏多少有些惆悵。」

雖然懷疑的種子已經在她心中種下了，可是那只是一種猜測，並無實據，而且一再提起的話，也會讓孫守義反感，甚至反擊的。她並不想這個樣子。

孫守義笑著搖了搖頭，衝著兒子說：「你看媽媽，她是不是很沒出息啊？」

兒子懂事的去握了握沈佳的手，說：「媽媽，爸爸不在家不要緊的，不是還有我陪著你嗎？」

沈佳笑著去撥弄了一下兒子的頭髮，說：「我的兒子是個小男子漢了，有你陪著我，當然不要緊了。」

吃完飯，孫守義和沈佳又陪兒子消磨了一段時間，等兒子睡了他們才去臥室。

沈佳將房門關上後，從後背抱住了孫守義，喃喃地說：「守義，我真捨不得讓你去海川。」

孫守義卻掙脫開沈佳的臂膀，轉過身來笑著說：「好了，小佳，我會多安排機會回北京來看你的，行嗎？」

這對夫妻的身體各懷心事的分開，他們背對著背，各自入夢了。

孫守義第二天去首都機場時，沈佳並沒有去送行，這倒不是沈佳生孫守義的氣了，而是孫守義已經不是剛去海川，像這種往返的行程會有很多次，沈佳感覺不需要每次都得去送行。

傅華來接了孫守義。在路上，孫守義說：「誒，傅華，你原本是給曲煒前市長做秘書的，對市政府辦公室的人員很熟吧？」

傅華笑笑說：「算是吧。孫副市長問我這個幹什麼？」

孫守義說：「是這樣子，我感覺市裏這一次給我安排的人員並不是很得力，想換個人，不知道你有沒有合適的人選。」

傅華知道孫守義對他的秘書有些不是很滿意，想撤換掉這個人。

傅華怕提了人選會給人留下口實，就說：「孫副市長，由我推薦人選是不是不太合適啊？」

孫守義笑笑說：「我只是問問你的意見，你放心，我不會跟秘書長說人選是你推薦的。」

傅華點了點頭說：「有一個人我覺得很合適，不過不知道您是不是對他有所忌諱？」

孫守義詫異說：「誰啊，海川這邊我還沒多少熟識的人呢，我怎麼會對他有所忌諱呢？」

傅華笑笑說：「這個人您認識，他以前來過北京跟您見過面。」

孫守義納悶地說：「究竟是誰啊？」

傅華說：「劉根，前副市長穆廣的秘書啊。」

雖然因爲穆廣出事，劉根也受到了組織上的調查，可是他並沒有參與穆廣的犯罪行爲，所以最後的結果是安然無事。

只是經過這一番折騰，他就不再是常務副市長的秘書了，變成一個辦公室寫公文的小辦事員。雖然級別待遇沒變，但是失去了常務副市長秘書這個光環，他就只能是一隻掉了毛的鳳凰了。

傅華對劉根印象一直不錯，相處得也不錯，他不想看著一個有爲的年輕人就這麼埋沒一生，因此在孫守義問起秘書人選的時候，他就跟孫守義推薦了劉根。

孫守義沒想到傅華提出來的人選會是劉根，他知道穆廣跟傅華關係不睦，心中便十分疑惑，傅華現在推薦穆廣的前秘書給自己，是真心想幫自己，還是有什麼別的想法。

孫守義看了看傅華，說：「傅華，我真的沒想到你會提出這個人選來，我去海川這段時間，對你跟穆廣之間的糾葛多少也有些瞭解，難道你跟他的秘書反而關係很不錯嗎？」

傅華笑笑說：「我跟劉根並沒有什麼很深的交往，我推薦他，完全是從您的角度上去考慮的；我覺得目前這個狀態，劉根在兩方面是很適合做您的秘書的。」

孫守義說：「哦，說來聽聽，哪兩方面啊？」

傅華侃侃而談說：「首先，劉根是個稱職的秘書，他的工作能力各方面都還不錯，對常務副市長的工作十分熟悉，做您的秘書很容易就能上手。」

孫守義點點頭，說：「這點很有道理，他已經做過很長一段時間的常務副市長秘書，對這一塊的工作很熟悉，應該能很快就上手的。那另一方面呢？」

傅華笑笑說：「這次劉根失去了副市長秘書這個職務，並不是他做錯了什麼，而是穆副市長的錯，他完全是被波及了，如果有人在這時候拉他一把，我相信他一定會感激涕零，鞠躬盡瘁的。這個孫副市長您該明白了吧？」

傅華知道孫守義急著要對孟森動手，卻苦於身邊沒有可信任的人，才會千里迢迢跑到北京來向自己問計。如果孫守義起用劉根，劉根一定會對孫守義心存感激，死心塌地爲孫守義賣命，這等於是孫守義馬上就找到了一個可以信賴的手下。

聰明人是一點就透的，孫守義面露微笑，他明白傅華推薦劉根給自己的用意了；在這個自己急需用人的時候，沒有第二個人能像劉根一樣馬上就能爲己所用。

從這一點上看，傅華還真是識人善任的人，沈佳說他可以信賴依靠，他果然是一個很好的謀士。

這時候孫守義對自己一開始就選擇信賴傅華感到慶幸，原本因爲穆廣的關係，他心裏對傅華多少還有些疙瘩，現在看來，問題也許是在穆廣身上，不能怪傅華。

傅華將孫守義送到首都機場，孫守義下車時，拍了拍傅華的肩膀，說：「傅華啊，在北京好好幹吧，也幫我照顧好你嫂子他們。」

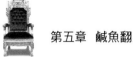

傅華笑笑說：「您就放心好了。」

孫守義上了飛機，傅華開車往回趕。

半路上，接到了沈佳的電話，傅華接通了，說：「沈姐，孫副市長已經上飛機了，一切順利，你就放心吧。」

沈佳說：「那就好，謝謝你了，傅華。」

傅華笑笑說：「沈姐，不用這麼客氣吧，這是我的工作啊。」

沈佳說：「你的工作做得很好，我謝謝你也是應該的啊。」

傅華說：「沈姐非要這麼說，我也只好接受了。誒沈姐，你還有別的事情嗎？」

沈佳猶豫了一下，她打電話來，其實並不是想問孫守義行程的，她想問的是林珊珊，她想知道林珊珊昨天有沒有見過孫守義。

可是這個問題不好貿然的就問出口，她並不想讓傅華從她的問話中發現她在懷疑孫守義和林珊珊有些什麼。

傅華看沈佳不說話，笑笑說：「沈姐，如果你沒什麼要說的話，我可要掛了。」

「別掛，」沈佳還是敵不住心頭的疑惑，說道：「傅華，我想問你一下，你們昨天駐京辦有什麼活動嗎？」

傅華摸不著頭腦，不知道沈佳這麼問是什麼意思，他笑笑說：

「沈姐，你想問什麼啊，我們每天都有一定的工作，你這沒頭沒腦的問題，讓我怎麼回答啊？」

沈佳苦笑了一下，心說我也不知道自己究竟是想要問什麼，自己一定要搞清楚孫守義跟林珊珊之間的關係嗎？如果證實了他們之間有曖昧關係，自己又要怎麼辦呢？跟孫守義離婚嗎？

自己前半生的心血都爲丈夫付出，自己真的要離開他嗎？離開他，兒子怎麼辦？

此刻，這個精明的女人也搞不清楚自己真正想要做什麼了。

傅華見沈佳一直吞吞吐吐，無法說出她想要問的問題，心中就有幾分詫異，他猜想沈佳可能還是要問與孫守義有關的事吧，就笑笑說：

「沈姐，昨天也沒什麼特別的活動，要說像樣的活動，就是中天集團宴請天和房產公司的事了。」

傅華給沈佳一個問起林珊珊的機會了，她笑笑說：「是嗎，這件事前天好像守義跟我說過，說起中天集團，那個珊珊昨天也去了嗎？」

傅華回說：「是啊，她也去了。說起林珊珊來，她還挺有意思的。」

沈佳很感興趣，問道：「什麼事情這麼有意思啊？」

傅華笑笑說：「是她與父親鬧了一點小彆扭，這次天和房產的總經理丁益也來了，林董很想搓和兩人，可是珊珊卻根本就沒這個意思，對丁益很冷淡，讓她父親很是惱火。」

沈佳笑說：「林董也真是的，現在的年輕人哪裡還能接受父母對他們的安排啊。」

傅華說：「就是啊，丁益實際上也不願意，只是雙方的父親很有這個意願而已。」

沈佳又跟傅華閒聊了幾句，就掛了電話，搞到最後，傅華還是沒弄明白沈佳問那句駐京辦活動的話究竟是什麼意思。

孫守義回海川之後，就讓市政府辦公室將劉根叫過來。

劉根很快就來到孫守義的辦公室，有點膽虛的看了看孫守義，問道：「孫副市長，您找我？」

孫守義笑了笑說：「小劉，我們在北京就認識的，怎麼我來海川這麼長時間了，你也不來看我啊？」

孫守義完全是一副朋友的口吻，讓劉根心中湧起一陣感動。最近這段時間，是劉根這輩子以來最難熬的一段時間，穆廣出事之後脫逃，上上下下都在用懷疑和審視的目光來看他，他也被相關部門叫去好一頓的審查，詢問他對穆廣的事情知道多少，有沒有參與其中？

雖然審查結果到最後發現他沒有什麼問題，但是從那之後，他看到的都是別人的冷眼。他也清楚自己已經從一個人人巴結的常務副市長的秘書，變成了一個出事官員的前秘書，這種轉變讓他十分難受。

他在市政府也工作了一段時間，對世間的人情冷暖算是有些瞭解，對人們對他的這種態度，他只能接受，不能有什麼回應。

說來這一切也怪不得別人，要怪也只能怪命運，誰讓命運安排自己給穆廣做秘書呢？

劉根現在已經接受了命運的這種安排，因此孫守義這種朋友式的關懷，雖然讓他很感動，可是他並不敢期望孫守義能幫他什麼忙，能不嫌棄他就已經很不錯了。

劉根苦笑了一下，說：「孫副市長，您也知道穆副市長的事，現在很多人躲我都來不及了，我又怎麼好意思來找您，給您添麻煩呢？」

孫守義看了看劉根，眼前的劉根跟他在北京時看到的模樣有很大的不同。那時候的劉根腰板是挺直的，說話也很有底氣，而眼前的這個人，說話有氣無力，無精打采，明顯是一副受了挫折委屈的樣子。

孫守義心中暗自思量，人有時候還真是需要點運氣，穆廣倒楣了，劉根的好運也跟著沒了，真是此一時彼一時啊。不知道自己告訴他要讓他當自己的秘書，他會是一副什麼樣的姿態呢？

孫守義笑笑說：「小劉，你這就不對了，在北京認識你的時候，我就拿你當朋友了，我孫守義是那種不認朋友的人嗎？」

劉根不知道孫守義這麼說是爲了什麼，就笑笑說：「孫副市長肯定不是那種人，不過我劉根有自知之明，真是不敢來找您。」

孫守義說：「小劉，我知道你這是爲我好，不想給我惹麻煩，但是你這個樣子反而顯得我不夠意思了。你不是已經通過上面的審查，確定你與老穆的錯誤沒什麼關聯嗎？來找我又怕什麼呢？」

劉根說：「我知道您不怕，可是很多人會說您閒話的。」

孫守義笑笑說：「閒話總是會有人說的，我就是什麼都不做，也會有人在背後說我閒話的。」

劉根聽了說：「這倒也是，眾口難調，總是有人會對領導有不滿意的地方的。」

孫守義有感而發地說：「是啊，這世界本來就是一個充滿了矛盾鬥爭的世界，領導被議論再正常不過了。好了，不說這個了。怎麼樣，你對目前的工作安排還滿意嗎？」

劉根笑了起來，說：「我有不滿意的權利嗎？」

孫守義爲他抱不平：「小劉，你怎麼會沒有不滿意的權利呢？是老穆的錯，又不是你錯啊？」

劉根眼圈不禁泛紅了，說：「孫副市長，有您這句話我就十分感激了，您真是夠朋友，從穆副市長出事到現在，您是唯一一個跟我說不是我的錯的人。」

孫守義笑笑說：「事實如此嘛，我不過是說了句公道話而已。」

劉根苦笑說：「可是這句公道話沒有別人肯說，也沒有人在乎我劉根並沒有做錯什麼，他們都把我和穆副市長視爲一體，穆副市長做錯事，也就等於是我做錯事了。不過我也不怪他們，這也是一種慣例，服務的領導倒臺，秘書也自然而然要跟著倒楣。我在市政府工作多年，這樣的事情也見的不少了。」

孫守義說：「聽你的口氣，你是準備自認倒楣了？」

劉根攤了一下手，聳聳肩說：「我不認行嗎？」

孫守義別有意味的說：「如果我說不認也行，你怎麼看啊？」

劉根詫異地看了看孫守義，見孫守義滿臉笑容，他心裏不由得泛起了一陣波瀾，難道孫守義準備要幫自己掙脫眼前這個困境？

他再次看了看孫守義，孫守義的笑容之中似乎包含了什麼，又似乎什麼都沒有。這讓劉根有點不知所措，他不敢相信自己會有這種好運，也不敢奢望什麼，有些時候期望越大，失望就越大。

劉根搖了搖頭，說：「孫副市長，您就別來逗我了，我目前的處境自己很清楚，您再來跟我開玩笑，我可就有點承受不住了。」

孫守義笑說：「小劉啊，誰說我要跟你開玩笑了？我這個樣子像是跟你開玩笑的樣子嗎？」

劉根的心狂跳了起來，他跟著穆廣曾跟孫守義打過交道，知道孫守義的爲人，知道他不是個會開玩笑的人；相反，他做事還很認真，某種程度上，他做事的風格跟穆廣有些相似。

穆廣是一個很仗義的領導，這也是劉根受了牽連，卻無法懷恨穆廣的原因之一。眼前這個孫守義給劉根的感受，也是很仗義。看來孫守義真的有幫助自己的意思。

這是真的嗎？自己難道真的要鹹魚翻身了嗎？

劉根暗暗掐了一下自己的大腿，確信眼前這一切都是真的，這才笑了笑說：「看來孫副市長是想重新啓用我了？只是不知道您想用我做什麼？」

因爲緊張，劉根的笑容就有些僵硬，孫守義把這些都看在眼裏，心裏暗自好笑，這傢伙一開始還裝出一副安於天命的樣子，一旦自己給了他希望，他的心就開始蠢蠢欲動起來。孫守義相信，只要自己跟他說讓他來給自己做秘書，他肯定會對自己感激涕零，死心塌地的。

這時候，孫守義心中不禁對傅華豎起了大拇指，這傢伙對人心真是瞭若指掌，一下就猜到了劉根心裏所想。真是一個人才啊。

這種人才能爲自己所用，是他的幸運。孫守義相信有傅華對他的幫助，他在海川的路會好走很多。

他也對穆廣會跟傅華起衝突感到很納悶，就他看來，傅華這個人既不爭權又不奪利，理論上，這樣一個幹部應該是很好的屬下，爲什穆廣做不到跟他和睦相處呢？

孫守義不知道的是，雖然他跟穆廣做事風格相近，可是他們對常務副市長這個位置的期望並不相同。

孫守義期望儘快在這個位置上做出成績來，好升到更高的位置上去。因爲他本來就有強大的後台，這個期望是可預期，而且能實現的。所以雖然他不無私心，但做起事來，首先考慮的還是政府的利益。

而穆廣因爲沒有強大的背景，所以儘管他也期望能在這個位置上再上一層，但是否真能再上一級還是未知，因此他對現實利益的謀取比升遷更爲熱衷。他的私心自然比孫守義多很多。所以他們看傅華的角度是很不同的，再加上傅華知道了穆廣的隱私，還洩露了出去，穆廣當然無法跟他和睦相處了。

## 第六章

# 最難選擇題

麥局長接下來要決定的，就是他要選擇什麼立場，是支持孫守義，出手對付孟森；
還是要跟孟森站在一起，對孫守義的意圖置之不理呢？
這是一個需要權衡的問題，麥局長知道這時候他面對的是官場上最難的選擇題。

孫守義看著劉根，說：「我對你別的地方並不是太瞭解，但是你跟老穆做秘書的情形我都看得很清楚。實話跟你說，我對市政府給我安排的這個秘書並不是太滿意，因此有人向我推薦了你，我想你的秘書做得很不錯，就有意想請你來幫我，怎麼樣，想跟著我幹嗎？」

劉根心說，太想了，如果能跟著孫守義做秘書，等於又重新回到原來的位置，他就是東山再起了。

劉根心中雖然很興奮，可是他知道在孫守義面前不能過度的表現出這個興奮，他畢竟是有些仕途歷練的人，知道如果過度表現出自己受寵若驚的樣子，會讓孫守義看不起他的。再說，現在還只是孫守義的一個想法，能不能實現還在未定之數，要高興也要等事情確定了下來才行。

劉根克制了一下自己的情緒，說：「我當然願意爲孫副市長效勞，只是我目前這種狀況，恐怕會有人反對您這麼安排啊。」

劉根的表現讓孫守義暗自稱許，這傢伙這麼快就能平靜的應對這件事情，還提出事情最關鍵的問題，不卑不亢，算是一個有水準的人，也是一個很好的秘書料子，看來傅華推薦他是做了很全面的考慮的。

孫守義笑了笑說：「你的顧慮我知道，現在我還不能跟你保證一定能安排你做我的秘書，不過，我會盡力爭取促成這件事情的。」

劉根感激地說：「不管成不成我都先謝謝您，您也知道我現在的處境實在是很尷尬，您如果能促成這件事情，就等於救我於水火之中了。」

孫守義說：「也沒那麼嚴重，這件事我會跟金達市長他們好好溝通一下的，不過事情沒成之前，我希望你能忍耐一下，安心工作，好不好？」

劉根笑笑說：「這您放心，我知道自己現在所面臨的處境，絕不會做什麼不該做的事情的。」

孫守義滿意地說：「那我們就這麼說定了，你等我的好消息吧。」

「好的。」

說到這裏，劉根覺得孫守義要跟自己說的話差不多說完了，自己再待下去可能就是不識趣了，就站了起來，說：「孫副市長，您如果沒有別的事，我就回去工作了。」

孫守義說：「小劉，你先別急，我還有些事情要問你。」

劉根愣了一下，他馬上就明白孫守義可能有什麼事情要自己去做，這也許是一個測試，想測試一下他能不能被信任。

雖然孫守義的動作有點太急促了些，剛跟自己許願，就馬上讓自己幫他做事，未免有點過於直接，讓劉根心裏有些不太舒服。不過，這也是一次機遇，劉根不想放過這次重生的機會，就笑笑說：「什麼事情啊？」

孫守義說：「我想跟你瞭解一下孟森這個人，不知道你對他了解多少？」

劉根對孫守義問起孟森，一點都不意外，他雖然在這段時間坐冷板凳，但並不代表他對仕途就完全死心了，因此他對海川政壇發生的風吹草動都很清楚。

孫守義兩次被孟森駁了面子的事，他也聽聞過一二，現在孫守義問起孟森，看來孫守義並不是測試自己是否可以信任，而是已經信任自己，不然也不會問這些了。因爲這等於是跟自己談論他的糗事，如果不是互相信賴的人，領導是不會這麼做的。

想到這一點，劉根剛才那種不舒服的感覺完全沒有了，他就詳盡的跟孫守義講了他瞭解的孟森的情況。

雖然劉根說的跟傅華講的大致相同，孫守義還是很認真地聽著。

聽完之後，孫守義眉頭皺了起來，說：「小劉，這個孟森這麼混賬，怎麼就沒有人出來揭發他呢？」

劉根說：「也不是沒有人出來揭發他，事實上，很多人給市裏寫了不少的舉報信。」

孫守義詫異地說：「有嗎？我來海川這段時間，怎麼從來沒看到有揭發孟森的舉報信呢？」

劉根笑了笑說：「您看到的很多信件，實際上在到您手裏之前已經經過過濾了，揭發孟森的舉報信不是沒有，但是很多人懼怕孟森勢力的強大，不敢留下真實的姓名。而處理舉報信的慣例，通常對不具真實姓名的匿名舉報信是置之不理的，秘書就會把這些信篩選掉，所以您當然就看不到了。」

孫守義看了看劉根，說：「小劉，這麼說你見過這些信件了？」

劉根說：「是啊，這種匿名的舉報信很多，我當然見過了。」

孫守義笑笑說：「那你能不能幫我找幾封來看看？」

看來孫守義是想對付孟森了，劉根飛快的思考了一下這其中的利害關係，覺得無論從哪個角度來說，他都應該跟孫守義站到同一立場，這是他重新站起來的唯一機會，絕對不能放過；再說，找幾封舉報信也不是件難事，便說：「可以啊，回頭我就找幾封給您。」

孫守義很滿意劉根的表現，笑笑說：「那行，要儘快啊，現在你回去工作吧。」

轉天，孫守義在跟金達彙報工作的時候，提到了劉根，他說：「金市長，有件事情我想請問一下您的意見。」

金達說：「老孫，別這麼客氣，我們倆現在是配合搭班子，什麼事情都可以互相交流的。」

孫守義笑了笑說：「是這樣子，我想問一下您對劉根這個同志怎麼看？」

金達愣了一下，說：「劉根？老穆原來的那個秘書？」

孫守義說：「對啊，就是他。您對他的印象怎麼樣？」

金達想了想說：「我跟他平常並沒有什麼接觸，對他不是十分瞭解。不過，這次因爲老穆的事情，他也被有關部門審查了，倒是沒被查出什麼問題來。怎麼了，你問他幹什麼？」

孫守義笑笑說：「是這樣，這個同志我在北京的時候接觸過，感覺是個不錯的同志，這次老穆的事情他並沒有什麼問題，說明他是一個很有原則的同志。」

金達說：「老孫，你究竟想說什麼啊？不會是你想用這個人吧？」

孫守義說：「是啊，現在辦公室給我配的秘書，我覺得用著很不順手，想要調整一下。劉根同志原本就是常務副市長的秘書，對常務副市長的工作很熟悉，我就想是否能把他調來給我做秘書。」

金達笑了笑說：「這件事情你跟秘書長商量一下就可以了，沒必要跟我說吧？」

孫守義說：「如果是別人，我可能就跟秘書長說一下就好了，可是牽涉到這個劉根，事情就有些複雜了。您也知道我新來海川不久，各方面情況都還不熟悉，貿然的啓用劉根，我怕會因爲有什麼我不知道的情況造成不必要的誤會，所以才特別跟您問一下。」

金達對孫守義表現出來的謹慎和對他的尊重很高興，便說：

「我覺得劉根這個人還不錯，既然上面審查他並沒有什麼問題，你想用他，我不反對。」

孫守義說：「那我就跟秘書長說了，讓他幫我調整一下。」

金達笑笑說：「行啊，你就說吧。」

孫守義就把自己想要劉根做秘書的事跟秘書長說了，金達市長都同意了的事，秘書長自然沒有立場反對，於是劉根敗部復活，再度成爲常務副市長的秘書。

再度見到孫守義時，劉根的心情跟上一次就很不同了，孫守義承諾的事已經兌現了，興奮之餘，他心中充滿的都是對孫守義的感激。

孫守義看到劉根，笑笑說：「小劉，你過來跟我，也算是熟門熟路了，就不需要我再跟你交代什麼了吧？」

劉根說：「不需要了，孫副市長，我真是不知道該怎麼表達我對您的感激之情才好。」

孫守義笑笑說：「你不需要這個樣子，我希望你能幫到我，你好好工作就行了。」

「我知道，孫副市長。」說著，劉根把幾封信放到孫守義的面前，「這是我收集到關於孟森的幾封舉報信，您看看行不行？」

孫守義指指對面的椅子，說：「小劉，你先坐，我看一下。」

孫守義很快就把信流覽完了，舉報信的內容並沒有超出孫守義的想像，都是一些舉報孟森夜總會黃賭毒的惡行，以及相關部門對孟森的包庇行爲。

他把信放了下來，看了看劉根，說：「小劉，這些信你大概都看過了吧？」

劉根點點頭，說：「我都看過了。」

「那你覺得這裏面的內容屬實嗎？」孫守義問。

劉根說：「我個人覺得這裏面所寫的，還不足以全部包含孟森的一些不法行爲，社會上對這個孟森有些說法，他的行徑比信裏寫的要嚴重得多。不過，我沒專門調查過這個人，也沒有確切的證據能夠證實這些傳聞。」

孫守義點點頭，說：「我知道了，小劉，你出去工作吧，要好好幹，可別給我丟臉啊。」

劉根說：「我一定不會辜負您的期望的。」

劉根就出去了。

孫守義看著桌子上的那幾封信，他知道找幾封信並不難，但是要把這幾封信利用好，就有些難度了。自己要怎麼用這幾封信來達到整治孟森的目的呢？

是把信交給金達，自己在旁邊敲邊鼓，讓金達出面去壓海川的公安部門來對付孟森；

還是自己出面給公安部門施加壓力，親自逼公安部門去對付孟森？

把信交給金達，似乎是一個安全的做法，這樣就等於是把金達擺在了第一線，自己在二線，讓金達來應對一切的風險。就算事情最後的結果不利，也危及不了自己。

不過，這樣做雖然很安全，卻也不是一點問題都沒有。

首先，把信交給金達，等於是把主動權交給了金達，金達會不會按照他的想法去對付孟森還是一個問題。

來海川這段時間，孫守義對金達的做事方式和作風都有了一些觀察，就他個人對金達的看法，金達並不是像外界所說的那樣書生氣十足、沒什麼政治手腕的人。他現在處理事務已經很嫻熟，是一個懂得什麼時候該做什麼的人，可以用「知所進退」四個字來形容。

金達會不會經過政治精算，選擇避開孟森，對舉報信置之不理呢？

這是很有可能的啊。畢竟信裏說的事情雖然可能都是事實，但是並沒有拿出十分確鑿的證據。因此把信交給金達這個選項可能是行不通的。

那剩下來的就只有自己衝上第一線了，自己拿這幾封信去找公安部門的領導，逼他們對付孟森。

可是會不會公安局的人不買自己的賬呢？這是首先得要解決的一個問題，如果自己去找公安部門的領導，人家給你來個相應不理，那要怎麼辦呢？

再是自己衝上第一線，就要直接面對一切可能發生的風險。

這點倒也沒什麼，孫守義已經有心理準備，他顧忌的是自己這麼做，他這個京派幹部會不會給張琳和金達一個急於攬權、過於強勢的印象？

不過，也許自己就應該給張琳和金達留下這種印象，自己要對付孟森，不就是想要給海川政壇一個強勢的印象嗎？既然是這個樣子，就無需要再顧忌什麼了。

那麼剩下來的問題就簡單了，那就是如何向公安部門把自己的意圖表達出來，然後還要讓公安部門按照自己的意圖去執行。

這一點孫守義倒不擔心，他在仕途上已經有這麼多年的歷練，如何做到這一點，他早已駕輕就熟了。

理順了思路之後，孫守義就知道自己該做什麼了，他把信裝進了公事包，臉上露出笑容，他決定要去公安部門走一趟了。

到海川後，孫守義還沒有安排去下屬部門走走，熟悉情況，現在，他決定把第一站就放到公安局去。

孫守義抓起電話打給劉根，說：「小劉，你安排一下，我想去海川市公安局看一看，讓他們準備一下。」

劉根答應了聲：「好的，孫副市長，我馬上通知公安局。」

孫守義就帶著劉根去了海川市公安局。

見到公安局的麥局長時，孫守義很熱情的跟他握手示意。

麥局長招呼著說：「歡迎孫副市長來我們海川市公安局指導工作。」

孫守義笑笑說：「說不上什麼指導，我過來只是想聽聽公安局這邊的情況，跟大夥熟悉熟悉。」

於是麥局長就開始彙報了起來。

孫守義雖然心不在彙報上面，可是仍然做出一副認真聽彙報的表情，不時在筆記本上記上幾筆，好像對麥局長的彙報很重視的樣子。

其實每個人都知道麥局長報告的內容不過是老掉牙的陳詞濫調，抓了什麼重點，強化了什麼之類的，都是彙報中的套話，今天在公安局是這一套，明天去計生委可能還是這一套，不過具體部門會根據業務的不同，把內容稍作改動而已。但是大家都在做出一副認真聽講的樣子。

每個人都知道自己在演戲，可是又都做出一副不知道自己是在演戲的樣子。這可能是這場彙報最滑稽的地方。

麥局長也在認真的彙報著他這些不知道重複過多少次的內容，直至講了一個多小時才停了下來，讓孫守義都有些厭煩了。

但是即使是厭煩，他還是在麥局長彙報完之後，高度讚揚了公安局的工作，說他們工作做得很好、很到位，希望他們能夠把好的工作作風繼續保持下去。

表揚完之後，孫守義話鋒一轉，說：「不過呢，我也聽到了不同的意見，一些群眾對公安部門有些不好的反映，當然，這些反映可能並不完全屬實，但我想可能也並不是空穴來風。」

麥局長臉色沉了下來，他沒有想到孫守義一來公安局就直接給他這麼難堪。通常長官第一次來，應該是跟大家熟悉熟悉，聽聽彙報，走走程序罷了，哪知道這傢伙一來就找麻煩。

麥局長有些生氣，他感覺孫守義是破壞了官場上的某種慣例，就想嗆孫守義幾句。他也算是老資格的局長了，對孫守義這樣新來的副市長毫不懼怕。

可是孫守義並沒有給麥局長嗆聲的機會，他看到麥局長的臉色沉了下來，就知道他可能想跟自己對著幹了，他心裏冷笑了聲，說：我可不會給你這個機會的。

孫守義立刻說：「我並沒有批評同志們的意思，我知道你們公安部門管轄的範圍很大，這其中又牽涉到很多矛盾衝突的地方，群眾對你們有意見是很正常的，也讓同志們受了很多委屈，我很理解。」

孫守義從公安部門的角度出發，為公安部門的同志抱屈，一下子就把麥局長想要嗆他的話堵了回去，他只好笑笑說：「孫副市長，您真是瞭解我們公安部門啊。」

孫守義笑笑說：「作為一個市領導，我知道同志們的辛苦和委屈，可是一般的群眾能不能像我這樣子理解你們就很難說了。再是，我們有些同志也不太注意自己的工作方式和方法，難免會讓人對公安部門產生一些誤會，麥局長啊，這個是你們應該改善的地方。」

孫守義這幾句話說得合情合理，表面上還站在公安局的立場上為公安局講話，麥局長明知他真正要表達的並不是這個意思，卻也無法反駁，無法跟他爭執，只好乾笑著說：

「孫副市長指示的是，回頭我們一定會根據您的指示，認真研究一下要如何改進工作方法和工作作風的。」

孫守義面帶笑容說：

「很好，就應該這麼做。你們大概也知道，現在從上到下都在提倡和諧社會，要求政府部門多關心民計民生，我們這些權力部門就更應該多瞭解一下民意輿情。我這裏有幾封群眾寄到市政府的舉報信，我帶來給同志們看一看。首先聲明啊，我可並不是說同志們就一定存在信上反映的這些問題，我的意思是有則改之，無則加勉。」

說著，孫守義便將那幾封劉根給他的信拿了出來，放到麥局長面前。

麥局長心裏別提有多彆扭了，可是又無法發作，孫守義每句話都在針對公安局的工作，可是卻又說得很客氣，綿裏藏針，讓他就是想發作卻找不到可以發作的點。

麥局長又不能不去接孫守義這個信，他只好拿起信，分給政委和幾位副局長看了起來。

打開信一看，麥局長和政委副局長們馬上就知道孫守義今天是有備而來的，因為這些信都是針對一個人的，那就是前段時間據說跟孫守義起過衝突的孟森。

麥局長明白孫守義是想借公安部門的手對付孟森，他心想：你一個新來的副市長算什麼啊，這樣就想支使公安部門為你做事啊，你也不掂掂自己的分量，有沒有這個能力。

但是馬上麥局長就知道，這個孫守義之所以敢這麼做，是有他這麼做的分量，因為孫守義下面所說的話，給了他足夠的暗示。

孫守義還是笑笑地說：

「這些信上的內容一開始我並不相信，你們可能不知道，我來海川之前，省委書記郭奎曾經親自跟我談過話，他對我們海川的印象很不錯，跟我講了海川很多好的地方，說我是要到一個很好的工作環境去工作，所以我一看到這些信的內容，本能的就認為這些信是出於某種目的誣陷有些同志。但是等我真正實地看了一下，卻發現信上的內容倒也不全是捕風捉影。

「當然啦，有時候就算同志們做得再好，一些問題也還是會存在，有些問題現在還是無法根除，但是我們對此應該時刻保持足夠的警惕性，否則就會讓一些醜惡的行爲把我們前面的努力完全抹殺掉的。因爲群眾是善於遺忘的，他們只會看到不好的狀況，而不會記住前面我們所做的那些工作的。」

講到這裏，孫守義看了看麥局長，笑笑說：

「雖然我沒看到這些信上所說的，我們公安局的一些同志經常出入夜總會這些場所，給他們做保護傘，庇護他們的不法行爲，但是，海川市區最繁華地段的這些夜總會有些不法的行爲實在太過招搖，讓我這個剛來的人都可以看到，海川市民對你們有些意見也是情理之中了。我相信同志們不會知法犯法，做出保護惡勢力的不法行爲的，是吧，麥局長？」

孫守義說到現在，並沒有一句指責海川市公安局的地方，甚至某些地方都站在海川市公安局的立場上爲他們辯護，語調也很平和，娓娓道來，似乎是在跟老朋友談心的姿態，但是字字句句聽到麥局長的耳裏，都像是在用錘子敲打他一樣。

這時候他已經不敢去埋怨孫守義不知道自己有多少斤兩了，孫守義話裏話外已經把孫守義的分量表達得的很清楚了。

孫守義剛才說省委書記郭奎曾親自跟他談話，這句話是很耐人尋味的。

表面上看，孫守義談這個似乎是很不經意，但是麥局長心裏清楚，孫守義講的話，每字每句都有他很深的含義，麥局長可以肯定，孫守義這些話都是事先經過很長時間的斟酌才說出來的。

孫守義說這個，實際上是在告訴麥局長，他的來歷並不簡單，他的背後是有人支持的，而且支持他的人是很有實力的人物，就像省委書記郭奎這樣子的人。

孫守義跟孟森起衝突的事，麥局長早就知道了，因爲他的職位，讓他對海川政壇很多風吹草動往往比其他人要更早知道，甚至他還知道中天集團千金在海天大酒店被孟森欺負的事。

事情發生的當時，麥局長就覺得孟森做得有點超過了，就算背後有孟副省長撐腰，也不該去惹一個常務副市長。自古就有民不與官鬥的說法，孟森就算實力強大，也還是個老百姓，他能掌握的資源是無法與孫守義對抗的。所以他相信孫守義必然會作出反擊。

然而，麥局長很快就失望了，他並沒有等來預期的反擊，孫守義好像什麼事情都沒發生過一樣。

麥局長心中就有些看不起孫守義，看來這個北京來的幹部並沒有什麼實力，遇事不但不積極，反而退縮怕事，這樣的領導應該是沒什麼作爲的。

現在他才知道孫守義之所以當時什麼都不做，很可能是他剛來海川，還不知道孟森的底細，這段時間裏，他在瞭解孟森，爲反擊孟森做準備。現在他瞭解清楚孟森的底細了，就全力出手了。

眼前這幾封舉報信就很清楚地表明了這一點，這幾封信在麥局長看來根本就不值一提，最主要的一點，這些舉報信都是匿名的，其中的內容語焉不詳，這些都無法啓動對孟森的調查。

通常這些信，孫守義的秘書就會先過濾掉，孫守義根本就不會見到。現在孫守義把它們放到自己面前，意圖不言而喻，就是要對付孟森。

麥局長接下來要決定的，就是他要選擇什麼立場，是支持孫守義，出手對付孟森；還是要跟孟森站在一起，對孫守義的意圖置之不理呢？

這是一個需要權衡的問題，麥局長知道這時候他面對的是官場上最難的選擇題。一旦站在了錯誤的一邊，將會面臨極爲悲慘的命運。

麥局長十分猶豫，他不知道自己該如何選擇。孟森也好，孫守義也好，他們及他們背後的勢力都是他不敢招惹的。他等於是夾在兩個大人物之間的小人物，他做什麼選擇都可能是不對的。

他無法在這麼短的時間之內做出正確的判斷。他決定先把孫守義這邊含糊過去，然後再來認真的考量雙方的實力，決定自己到底該站在那一邊。

於是麥局長笑了笑，說：「對對，孫副市長您說的很對，我們公安部門是紀律部隊，絕對不會有信上所說的那些行爲的。」

孫守義沒有說話，只是看著麥局長，像是在等麥局長接著說下去。

麥局長被孫守義犀利的眼神看得心裏慌了一下，他曉得孫守義並不滿意他的說法。

麥局長知道孫守義今天既然是有備而來，就不可能那麼容易地敷衍過去，他只好說：

「當然了，公安隊伍中也會存在個別的不良分子，每年的評比中，群眾對我們總是有一些不滿意的地方。今天您既然指出了我們還有做得不足的地方，回頭我們一定馬上研究您的指示，我初步的設想是：根據您的指示開展一次全面的整頓活動，核實海川公安隊伍的組織性和紀律性，改善群眾對我們公安部門的觀感。」

孫守義笑了笑，看著麥局長點點頭說：「麥局長不愧是老同志，工作經驗豐富，從點的問題馬上就看到了面的問題，很好啊。」

孫守義笑得很甜，麥局長心裏卻被他笑得很慌，他知道孫守義說這句話絕對不是對他剛才的表態很滿意，相反地，是極富有諷刺意味。

孫守義早就看透了他的把戲，表面上稱讚他要整頓工作作風，實際上是在說他回避對孟森採取行動，孫守義是在正話反說。

麥局長只好繼續裝糊塗，打哈哈說：「孫副市長，您這話就讓我慚愧了，說到底是我的工作沒做到位，我是應該檢討的。」

孫守義知道麥局長還是在敷衍他，心中暗自覺得好笑，心說：你想得美，就算是要演戲，也輪不到你來做導演，情節的發展方向絕對不能讓你來主導。

孫守義便笑笑說：「麥局長啊，看來是我說的話不太清楚，也許我沒把意思表達清楚，我記得我一開始就申明過，我把信帶給同志們看，並不是想指責同志們工作做得不好，更不是要對麥局長你提出批評，我只是說群眾有些看法反映到我那裏去，我把信拿給你們看，是讓你們對海川市民的一些意見有些瞭解。我們政府部門說到底是爲人民服務的，人民是怎麼看我們的我們都不知道，又怎麼去爲他們服務呢？這才是我的本意，可是麥局長你卻誤會是我想要批評你們，這可不對啊。來來，把信都還給我，就當我沒說過這件事情。」

孫守義說完，就站起來，伸手去拿在各個政委、副局長面前的信。

麥局長這下子徹底慌了，他阻攔也不是，不阻攔也不是。

阻攔孫守義把信收回去，就等於是說他認可了舉報信上的內容，那樣子等於是說公安部門必須要對孟森採取行動了。

不阻攔吧，那就好像說自己根本就沒拿孫守義這個副市長說的話當回事，甚至孫守義提出問題還被他擋了回去，那他就是站在孫守義的對立面去了，孫守義馬上會把他列入是孟森陣營的人，是孫守義要對付的敵人那方了。

麥局長心裏暗罵孫守義狡猾，這手以退爲進，根本就是在逼他表態嘛。

## 第七章

# 冒險行為

他今天的行為有些冒險，如果麥局長能夠按照他的意圖去給孟森一定的打擊，那他今天的行為就算是取得了一定的成功，可是如果麥局長只是虛應故事，那樣子的話，他就會成為海川政壇上的笑柄，他的威信會更加蕩然無存。

麥局長心中快速的權衡了利弊，在這一刻，他知道自己沒有別的選擇，只有攔下孫守義收回信的行爲。

因爲如果他不攔的話，就等於是公開掃了領導的面子，要是傳出去，他在海川政壇馬上就會被標上不服從領導的標籤了，尤其是這個標籤還與孟森有關。

他雖然是老資格，卻不是金達和這些領導嫡系的人馬，他如果帶上了不服從領導的標籤，金達和張琳一定會對自己有看法的。

雖然張琳和金達目前都沒有明確要對付孟森的意思，但是這不代表他們對孟森的所作所爲就一點看法都沒有，他們之所以按兵不動，只是忌憚孟森後面的孟副省長而已。自己如果讓人種下了維護孟森的印象，那就等於在張琳和金達心中打入了另冊，這個後果可不是自己能承擔的。

麥局長趕緊伸手將孫守義手裏的信拿了過去，說：

「孫副市長，您可千萬別這個樣子，我的話還沒說完呢，您的這些意見對我們公安局來說是很寶貴的，這都是市民們愛護我們，才會對我們提出意見。我們局裏回頭還想專門研究一下要如何來處理群眾反映出來的這些意見呢。您怎麼可以收回去呢？」

孫守義別有意味的看了麥局長一眼，說：「這麼說是我性子急了一點囉？」

麥局長被看得不自在了起來，他躲過了孫守義的眼神，轉頭看了看政委，說：

「政委啊，你跟孫副市長說說，我們局裏是不是一向很重視群眾反映的問題，接到群眾反映的信，一定會重點研究並採取相應的行動，是吧？」

政委看到麥局長求救的眼神，知道麥局長是讓自己出面打圓場，便笑笑說：

「是啊，孫副市長，我們局裏面從來沒忘記我們是爲人民服務的，因此對群眾反映的意見向來極爲重視。您可不能真的將這幾封信帶走啊，剛才我還在想，等班子認真研究後，立即採取行動呢。」

孫守義笑了，表情和悅地說：「我就知道同志們都是有責任心的。我相信你們一定會給群眾一個很好的交代的。」

麥局長不得不佩服孫守義政治手腕的高明，前後一句重話都沒說，卻逼得自己不得不按照他設定的路數去走。這等於自己完全被他玩弄在鼓掌之間了。

孫守義達到了目的，他知道就算是麥局長再不情願，也必須對孟森採取一定的行動了，即使這行動是敷衍的，他也必須去做，因爲他必須做出成績來給自己看。

孫守義並沒有留在公安局吃午飯，他知道現在麥局長的心情肯定不太愉快，即使他勉強陪自己吃這頓午飯，彼此之間也會很尷尬。

回市政府的路上，孫守義一直閉著眼睛，似乎在閉目養神。劉根在一旁看著他的神情，不敢說話去打攪他，就這樣，兩人什麼都沒說回到了市政府。

車子停下來時，孫守義睜開了眼睛，劉根給他開了車門，他下了車，抬起頭來看了看眼前的市政府大樓，這座政府大樓建成已經有些年頭，雖然還是顯得很威嚴，可是已經呈現出一種破舊的感覺。

這給孫守義一種沉悶的感覺，這一刻他心裏並不平靜，他對今天在公安局所做的事情會帶來什麼後果，心中並沒有一定的把握。但是石子已經扔了出去，是毫無聲息的被大海湮滅，還是一石激起千層浪，都是很難預料的。

實話說，他今天的行為有些冒險，如果麥局長能夠按照他的意圖去給孟森一定的打擊，那他今天的行為就算是取得了一定的成功，他可以借此初步奠定自己在海川政壇的地位。可是如果麥局長只是虛應故事，敷衍一下他，那樣子的話，他的行為就會成為海川政壇上的笑柄，他的威信會更加蕩然無存。

經過的工作人員都跟孫守義打著招呼，孫守義含笑的回應，心中卻在想明天他在海川市公安局所做的事就會傳遍海川政壇，到那個時候，這些人心中會怎麼想他呢？認為他是一個滑稽的小丑？還是覺得他做事果斷，是一個有能力的領導呢？

孫守義回到辦公室，劉根給他泡好了茶，就要退出去。

孫守義喊住了他：「小劉，先別急著出去，過來陪我坐一下。」

劉根坐到了孫守義的對面，孫守義眉頭皺著，也不說話，一副憂心忡忡的樣子。

劉根看了看孫守義，試探著說：「孫副市長，您是不是在擔心麥局長他們對您陽奉陰違啊？」

孫守義苦笑了一下，又搖了搖頭，說：「小劉，我並不是在擔心那個，麥局長陽奉陰違也好，真心幫我對付孟森也好，我都不會感到意外。你知道是什麼讓我感到不安嗎？」

劉根有些納悶，他覺得孫守義今天的表現算是可圈可點，麥局長本來還想把孟森的事情含混過去，最後卻不得不明確作了表態。這在劉根的理解中，孫守義已經算是取得了階段性的勝利了，他怎麼還會感覺到不安呢？

劉根臉上困惑的表情都看在了孫守義的眼中，孫守義馬上就了解到劉根跟傅華之間的差距。如果是傅華，他一定會知道自己在不安什麼。

孫守義笑笑說：「小劉，你一定覺得我今天在公安局很威風吧？」

劉根點點頭，說：「是的，孫副市長，我看到了最後麥局長臉上那份尷尬的表情，我認爲您真是厲害，逼得他一點退路都沒有。」

孫守義說：「在出公安局大門之前，我也是像你這麼想的，覺得自己逼著麥局長不得不按照我的意思去辦是挺威風的。但是在回來的車上，我把剛才發生的一切在腦子裏通盤想了一遍，這種沾沾自喜的心情就一點都沒有了。」

劉根看了看孫守義，說：「我不明白您是在擔心什麼？」

孫守義說：「你應該看到了，我今天如果最後不說要把那幾封信拿回來的話，那個麥局長根本就不想把我的話當回事的，這說明什麼，說明我這個副市長在他心目中一點威信都沒有，甚至連一個普通商人都趕不上。小劉啊，你知道我是在擔心什麼了吧？我看到我在海川一點根基都沒有，我很不喜歡這種無根浮萍的感覺。就算是這次麥局長幫我對付了孟森又怎麼樣，他並不能改變我在海川的處境多少的。」

劉根安慰他說：「也不是吧，我看最後麥局長多少已經領教了您的厲害，不得不把您帶去的信都接了下來，還說要研究一下怎麼去解決呢。」

孫守義無奈地笑了笑，他覺得劉根對政治的敏感度是不夠的，他只看到了問題的表象，根本就沒看到問題的實際面，便說：

「小劉，你不明白，他最後接下信，對我作了表態，並不是他怕了我，而是他不想落下一個對抗上級領導的壞名聲。他如果不那麼做，就是在對抗上級領導，這對他今後的工作很不利，一個老練的官員是不會犯下這種錯誤的。」

這時候，孫守義感覺他把劉根留下來談話也沒什麼用，劉根並不能給他什麼建設性的意見，他便說：「好了，小劉，你先出去吧，有些事情我想一個人想一想。」

劉根出去後，孫守義坐在那裏發呆沉思著。

如同他跟劉根所說的，在他離開公安局之前，他對自己的表現還算很滿意，但是等他回市政府時，他的心情馬上就變壞了。他意識到實際上他並沒有掌控整個局面，因此無論事態如何發展，他是無法左右接下來的局勢發展。

這種無法掌控未來的感覺，才是讓孫守義感到不安的地方。一直以來，孫守義做什麼事，心中都有著一定的規劃算計，因此做起事情來心裏就很篤定。但這一次，他感覺到周邊不可確定的因素太多，他再也無法篤定了。

原本孫守義覺得他提到郭奎，就會逼著麥局長做出明確的表態，但是孫守義錯了，麥局長並沒有上他的當，仍然想敷衍過去，這讓他不得不重新審視孟森在海川市的影響力。一個能夠讓公安局長敢忽視省委書記的人是不能小覷的。孫守義意識到這一點時，後背驚出了一身冷汗，他這時候才發現自己過於輕視孟森背後的勢力了。

也許他該重新考慮要如何去對付孟森了。

現在孫守義才覺得他借麥局長的手懲戒孟森的計畫有點太不成熟了，如果麥局長敷衍了自己，他又不能做什麼反擊的話，那他面臨的局面會更尷尬，會讓海川的人更感覺他無能。

這對孫守義來說還不是最可怕的，最可怕的是孟森會如何反應。雖然趙老已經向他保證一定會幫他控制局面，可是趙老的承諾只是針對那個孟副省長，孟森本身會如何反應，沒有人知道，如果孟森並不完全受控於那個孟副省長呢？

這是很可能的，現在看麥局長對這件事情的態度，孟森在海川的影響力似乎並不是只有孟副省長那麼簡單。也許正像傅華所說的，孟森的夜總會能夠在海川大行其道，本身就意味著他跟某些權力部門的利益結合，而這些權力部門很可能就包括了海川市公安局。

孟森跟他不同，孟森是土生土長的海川人，他跟海川地面上這些有頭有臉的人抬頭不見低頭見，要說他們之間沒有什麼交集，顯然是不太可能的。

再說孟森是混混出身，他如果想要跟自己來渾的，自己要如何應對啊？不說別的，如果孟森找幾個混混伏擊他，他就無法招架了。

自己這回等於是抓了一個刺蝟在手裏，真是棘手啊。

這個時候孫守義明白爲什麼人們都說強龍不壓地頭蛇了，自己這條過江龍還真有點壓不過孟森這條地頭蛇的感覺。

但石頭已經扔出去了，孫守義已經對孟森開出了第一槍，再想退縮儼然是不可能了，更何況退縮也不是他的作風，他也只有硬著頭皮上了。

此刻，孫守義感覺特別需要一個人能幫他參謀一下，他不想再跟沈佳商量，沈佳並不真正瞭解海川的形勢，不知道地方上的複雜性，因此她的想法不但沒用，甚至是有害的。

原本孫守義按照傅華的建議，決定先隱忍下來，但是沈佳一攙和，讓他貿然的對孟森下手，才會讓他現在這麼進退失據。

想來想去，這件事情還是應該問問傅華的意見，他相信傅華肯定會站在支持他的立場上，幫他對付孟森的。

孫守義撥通了傅華的電話。

「傅華啊，在幹嘛？」傅華接通了，孫守義說。

傅華說：「沒幹什麼，中午了，準備去吃飯。孫副市長找我有事嗎？」

孫守義說：「你跟人約好了一起吃飯嗎？我沒耽擱你吧？」

傅華說：「沒有，您有什麼事情就說吧。」

孫守義就講了他在公安局的事，講完後，孫守義說：「傅華，你覺得接下來這個麥局長會怎麼做啊？」

傅華笑笑說：「他既然已經在您面前做了承諾，多少總會做點什麼吧，就算是走走形式也會的。」

孫守義又說：「那你覺得接下來的事態會怎麼發展呢？」

傅華語帶保留地說：「這就很難說了。」

傅華對孫守義急於做點什麼的心情很瞭解，但是他對孫守義這麼強勢的去逼迫麥局長對付孟森，手裏是掌握了多少底牌卻不瞭解，他不知道孫守義背後的勢力究竟能幫孫守義到什麼程度，因此他也無法預測後續會如何發展。

孫守義對傅華的答覆並不滿意，他想要的是建設性的意見，可不想聽這麼含糊的回答，便說：「傅華，你覺得是怎麼個難說法？你覺得孟森會不會對我採取報復呢？」

傅華爲難地說：「這個我真的無法預測，孟森在海川發達時，是在我來北京之後的事，我對這個人做事的手法並不是太熟悉。」

孫守義說：「就算你不在海川，海川很多事你也應該知道。孟森不會毫無聲息的就竄了起來，他肯定是做了什麼才會讓你對他心存畏懼的。」

傅華說：「我是聽別人說過幾件他做過的事，如果都是真的話，那他可是一個心狠手辣、做事很有心機的人。」

在孟森竄起來的同時，海川並不是就他一幫混混，也有幾個帶小弟的老大想要跟孟森一較短長的，可是那些老大最終都敗在了孟森的手裏。這期間發生過幾次很殘酷的械鬥，被打敗的老大不得不認輸，退出了跟孟森的爭鬥。

還有一點，孟森對手下做事的方式要求的很嚴格，規定他們：械鬥可以，但是絕不能鬧出人命，因爲只要牽涉到命案，公安部門一定會嚴厲追查。

正因如此，很多傷人械鬥案都沒有公開的記錄。因此傅華對這些事情只是耳聞，無法確定是不是確有其事。

孫守義的心沉了下去，事情果然像他想的那樣，孟森在海川的影響力不僅僅是因爲孟副省長，他說：「傅華，那你看孟森會用什麼辦法報復我？會用暴力手段嗎？」

傅華笑了笑說：「我覺得這個您倒不必擔心。」

孫守義不知道傅華何以如此肯定，納悶地說：「傅華，你怎麼敢這麼肯定啊？」

傅華分析說：「其實也沒什麼，我只是覺得孟森沒這麼大膽罷了，如果他敢威脅到您的人身安全，不但會驚動全海川市，甚至連東海省也會被震動。到時候恐怕會動員全省的力量來對付他，那時候他可就吃不了兜著走了。孟森不是沒腦子的人，他不會這麼不知輕重的。」

孫守義聽了，不禁笑說：「我有這麼重要嗎？」

傅華說：「肯定有，別忘了您不但是海川市的常務副市長，還是北京派下去的交流幹部，某種程度上，東海省對您是有一定的責任的，您如果有什麼閃失，東海省也不好跟中央這邊交代的。」

傅華這麼一分析，孫守義心裏馬上亮堂了起來，他這時才意識到這個京派幹部的身分對他是有很大的保護作用，剛才自己只顧擔心孟森的報復，竟然把這個給忘到腦後了。

他暗自搖了搖頭，心說孫守義啊，你平日的鎮靜勁兒哪裡去了，今天怎麼竟然慌成這個樣子，連這麼明顯的事都看不出來。你這點水準還趕不上一個遠在北京的駐京班主任啊。

其實，這倒也不是孫守義的水準真的不如傅華，而是孫守義身爲事件的局中人，動靜觀瞻都跟事件緊密聯繫在一起，加上他又身處一個陌生的環境之中，心裏緊張是很自然的，無法看到一些明擺在那兒的事實也很正常。

孫守義笑笑說：「傅華，看來是我有些過度緊張了。」

傅華說：「也不是，說實話，孟森在海川還是有一定的影響力，並不好對付，今天麥局長的表現就是一個明顯的例子，一個堂堂的公安局長竟然對孟森心存畏懼，真是讓我不知道該說什麼好了。」

孫守義說：「是啊，我也覺得這個公安局長有點太軟弱了，這哪像一個公安局長啊？也許公安局的某些人真的跟孟森有勾結。很可能這個麥局長就是其中的一個。」

孫守義矛頭直指麥局長，這種指控是很嚴厲的，沒有確切的證據，傅華可不敢隨便附和，便提醒他說：「孫副市長，話可不能這麼說，麥局長執掌海川公安局多年，工作一向兢兢業業，這種沒確切證據的話可不好隨便說。」

孫守義也不是笨人，明白傅華的意思是：如果沒有什麼確切的證據就這麼去指責麥局長，是會惹起海川公安局很多人的不滿的。便笑了笑說：

「是啊，這種話是不能隨便說，我也是被麥局長的軟弱氣到了，話沒經過大腦就說了出來。」

傅華理解地說：「也沒什麼啦，正所謂關己則亂，您今天是有點著急了，人一急就很可能犯錯誤的。」

孫守義嘆了口氣，說：

「傅華，也許我真的該聽你的話，等時機成熟了再出手。看到今天麥局長的表現，讓我有一種勢單力薄的感覺，如果你在海川就好了，我們就可以團結起來，一起對付他了，我想孟森一定不是我們兩個人的對手。」

傅華說：「孫副市長，您也不用這麼長對手的志氣，滅自家的威風，其實我覺得孟森沒有您覺得的那麼強大，在海川您也一定不會是孤軍作戰的。」

傅華不想看到孫守義因爲受了一點挫折就退縮，所以想要給孫守義打打氣。

孫守義懷疑地說：「你是說海川除了你，還有別人會跟我一起對付孟森嗎？」

傅華笑笑說：「當然了，可以依靠的力量就在您身邊啊，您難道視而不見嗎？」

孫守義愣了一下，說：「就在我身邊？誰啊？我怎麼不知道？」

傅華說：「您還真是當局者迷啊。實際上有不少人並不是不想去對付孟森，而是畏懼孟森背後的勢力，沒有人敢出來當這個帶頭的人，現在您已經把這個帶頭人的角色給擔當了起來，等於是把他們最擔心的因素給去掉了。我想您如果回過頭來，去尋求那些對孟森不滿的人的幫助，他們一定不會拒絕的，關鍵是您要如何去把這些力量調動起來。」

孫守義沉吟了一下，傅華說這番話絕對不會是空穴來風，一定是意有所指，那他指的是什麼呢？又是什麼人對孟森心存不滿呢？自己又要怎麼去調動這些力量呢？

孫守義腦子裏飛快的轉動著，可是一時半會卻怎麼也想不出會是什麼力量願意幫助自己，他苦笑了一下，說：

「傅華，我們也算是很熟了，你能不能改改你這種愛打啞謎的習慣啊，你就明確地告訴我，我要去找誰來跟我一起對付孟森吧！」

傅華笑說：「孫副市長，這次我真不是故意要跟你打啞謎，而是有些話我無法再往下說了。反正事情也不急在這一時半會兒，您先把心平靜下來，我相信只要您靜下來，肯定就會想到您能依靠誰，事情又該怎麼做了。」

孫守義抱怨說：「你呀，什麼都好，就這點不好，說什麼話老是愛留半截，你這是要急死我啊。」

傅華笑笑說：「我哪敢急死您啊，而是我真的無法再說下去了。好了，您還有別的事嗎？沒有的話，我可要去吃飯了，去晚了，餐廳就沒我吃的飯了。」

傅華這麼一說，孫守義也感到有點餓了，他知道傅華是一個很有分寸的人，再逼他可能也逼不出什麼來，只好笑笑說：「那好吧，趕緊去吃你的飯吧，免得餓壞了，我跟鄭莉可沒法交代。」

傅華掛了電話，孫守義搖了搖頭，把話筒放了下來。

麥局長面對眼前的飯菜一點胃口也沒有，而他的胃口完全是被孫守義給搞壞的。這倒不是麥局長真的像孫守義猜測的那樣，被孟森給收買了，實際上，麥局長跟孟森的關係並不密切。

他在海川政壇打滾多年，很清楚孟森這種人是不能招惹的。一旦跟這種人扯上了關係，就等於走上了一條不歸路，所以雖然麥局長早就跟孟森認識，可是他跟孟森始終保持著一定的距離。

他知道自己惹不起孟森，也就不去惹他；孟森請客，他會給孟森面子出席，不過往往會帶幾個公安局的主管一起出席；孟森送的禮，不貴的他會收下來，但超出正常範圍的，他一概婉拒。

面子他可以給，但是絕不跟孟森沆瀣一氣。這是他對孟森的一貫原則。

而孟森在海川的所作所爲，麥局長心裏也很清楚，但是領導不發話，他就樂得睜一隻眼閉一隻眼，只要孟森不是鬧得太不像話，他也就不去做什麼，維持著表面上的和諧。正因爲這樣，他才能在這個複雜的局面中如魚得水，穩坐海川市公安局局長的寶座。

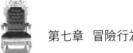

但是現在這個和諧局面就要被孫守義給打破了！

這麼說也不對，追根溯源，這個和諧應該說是被孟森這個傢伙給打破的。這傢伙不知道中了什麼邪了，竟然沒來由的去惹孫守義這個常務副市長，惹一次還不甘休，還要惹兩次，逼得孫守義沒有了退路，一定要出手對付孟森不可。

就算你背後有什麼孟副省長支持，也不應該膽子大到去惹一個地級市的常務副市長啊，更何況這個副市長還是京派的。

對京派幹部，基層官員知道他們都是下來鍍金的，所以對他們都會保持某種程度上的客氣和尊重，因爲你不知道這些人什麼時候就會被提拔，中央對他們的任用都是有一定計畫的。

麥局長實在找不到能解釋孟森行爲的理由，他這個時候只想到一句話，就是自作孽不可活啊。

可就算是你要自作孽，也不要把別人給牽連進去嘛！現在把公安局也給扯進了權力鬥爭的漩渦裏，這不是害人嗎？你到底想要幹什麼啊？

這時政委坐到了麥局長的身邊，看看麥局長說：「麥局長啊，孫副市長帶來的這幾封信，你準備怎麼辦啊？」

麥局長說：「這件事要怎麼辦，我一個人說了不算的，回頭開個會，大家都談談自己的看法，先拿出個主張來再說吧。」

政委點點頭，說：「是啊，這件事情不好辦，是要大夥拿個主意才好。那您準備什麼時候研究呢？」

麥局長看了看政委，政委臉上並沒有什麼特別的表情，他不知道政委是不是在心中幸災樂禍，不過他知道他跟政委搭檔這麼些年，互相之間並不是合作無間的，因此他估計政委現在也許正等著看自己的笑話呢。

麥局長說：「明天吧，我今天下午安排了事情，抽不出空來。」

政委瞧了麥局長一眼，他知道麥局長說有事的話根本就是假的。原本他是安排要接待孫守義的，所以下午肯定不會安排別的事。麥局長這麼說，顯然是要給孟森留出足夠的準備時間，讓孟森將旗下夜總會的一些違法事情暫時清理一下，這樣就算公安部門真的採取什麼行動，孟森也不會受到太大的傷害。

政委相信有這一下午的時間，消息就會被某些有心人傳給孟森的。

看來麥局長是有意放孟森一馬了，政委心裏有些彆扭，他對孟森早就有些看法，那個孟森仗著有孟副省長撐腰，做事毫無顧忌，根本就沒把人放到眼裏，這當然也包括他這個政委。孟森見到他就是一副愛理不理的態度。

這一次好不容易孫守義副市長發話了，政委本有心藉這個機會整整孟森這個傢伙，打打他的威風，可看現在麥局長這個架勢，他也只能看著孟森繼續橫行。

唉，這也怪那個孫守義太沒有經驗了，像這種事，如果不去盯著辦，下面的人肯定是能敷衍過去就會敷衍過去的，誰願意沒什麼好處去得罪想孟森那樣有勢力的人呢？他還是靜觀其變好了。

吃完飯，麥局長在辦公室坐了一會兒，就打電話讓司機把車開出來，既然跟政委說了下午有事，他就不能躲在辦公室裏不出去。

上車之後，司機問麥局長去哪裡？麥局長還真沒什麼明確的目的地，從孫守義走了之後，他就在琢磨要如何解決眼前這件事，他還沒想出個頭緒來，自然沒什麼心思去想要去哪裡。

麥局長衝著外面揮了揮手，說：「你就往外開吧，先出了局裏再說。」

司機開出了公安局，他不知道麥局長要去哪裡，只好漫無目的的慢慢地開著。

開了一會兒，司機看了看後座的麥局長，麥局長面沉如水，也不知道在想什麼。

「麥局長。」司機叫了聲。

麥局長抬頭看了看司機，「什麼事啊？」

司機說：「有點小情況，後面有輛車，從我們從局裏出來時就跟在後面，一直跟到現在，也不知道他們想幹嘛？」

麥局長不以爲意地說：「他們能幹嘛啊？難道他們能對我這個公安局局長不利嗎？」話雖這麼說，麥局長還是轉過頭去看了看後面的車，一看，他臉上的笑容一下子消失了。

後面是一輛賓士七系列的車，這樣的車在海川市並不多，麥局長知道孟森就有一輛。這個不知死活的傢伙還盯上自己了！

麥局長心裏暗罵了一句，他可不想在這時候跟孟森見面，於是對司機說：「別理他們，我們掉頭回公安局去。」

司機就打轉方向燈，準備掉頭，後面孟森的車看他們準備掉頭，按了一下喇叭，一加油門超過他們，又往路邊一靠，硬生生要逼他們將車停下。

## 第八章

# 保護傘

他如果站在孟森那邊，等於是把炮火朝向了自己，
因為孫守義一定會把他當成是孟森的保護傘，這樣子，自己就站到了他們這場戰爭的最前線。那時候自己這個局長的位置還能不能坐得住就很難說了。

麥局長的司機慌了一下，他沒想到還真有人敢來逼停公安局長的車，幸好他開得速度不快，反應也算敏捷，車輪往前拖行了一小段距離，把車停了下來。

孟森的車看他們停了下來，也停了車。

麥局長的司機開了車門，指著前面的車罵道：「媽的，你們怎麼回事啊，會不會開車啊？這要是撞到了，算是誰要負責啊？」

孟森這時從車裏下來，也不惱火，對司機說：「你別緊張，我找麥局長有點事情要說。」

麥局長知道自己是躲不開跟孟森的見面了，看了看四周，周圍有些偏僻，沒有什麼人會注意到他們，就交代司機說：「你在外面等一下，我跟孟董說幾句話。」

司機也認識孟森，就下車躲到了一旁去。

孟森上了麥局長的車，笑笑說：「麥局長啊，你這車空間可有點窄啊。」

麥局長抱著既然逃不掉就既來之則安之的態度，笑笑說：「這車當然沒有孟董的賓士車寬敞了。說吧，孟董，跟了我這麼久時間，到底是準備幹什麼啊？」

孟森嘻皮笑臉地說：「也沒想幹什麼，只是想跟麥局長聊聊。」

麥局長說：「這麼簡單啊，要聊的話，你可以打電話給我，沒必要在後面跟著我吧？」

孟森說：「如果只是打電話，恐怕麥局長連接都不會接吧？」

麥局長搖搖頭說：「怎麼會，怎麼說我們也算是認識，我怎麼會不接你的電話呢？」

孟森笑了笑說：「這麼說我們算是朋友了？」

麥局長說：「在海川我們也算是抬頭不見低頭見了，應該算是朋友了吧。」

孟森說：「既然我們算朋友，那麼麥局長能不能跟我透個底，你打算怎麼幫那個孫副市長來對付我啊？」

麥局長看了看孟森，說：「你的消息倒是真快。」

孟森笑笑說：「人家孫副市長也沒遮著掩著，當那麼多人說的話，我就是想不知道也不可能啊。」

孟森說這句話，讓麥局長心頭震了一下，孟森的話提醒了他，孫守義這麼公開講這件事情，就是不怕孟森知道，可是要是孟森知道了，公安部門要做的很多事就不好做了。

孫守義這麼做究竟是有什麼目的？是敲山震虎，還是鐵了心跟孟森作對到底啊？再是，孫守義公開講這件事情，就知道消息一定會洩露，公安局就算對孟森的夜總會採取了什麼行動，也很可能是白忙活一場。

明知會這樣還要這麼做，這問題就不簡單了。是不是孫守義在向孟森宣戰的同時，也想看看公安局的表現呢？

那自己拖延了這半天時間，肯定會引起孫守義對他的懷疑的，如果最後公安部門採取行動卻徒勞無功，孫守義會不會認為是自己在其中搗鬼，從而將自己劃歸為孟森的人馬呢？

想到這裏，麥局長本來就不好的心情更加惡劣了。

他沒好氣的看了看孟森，說：「孟董，我們既然算是朋友，你又何必去招惹孫副市長，讓我們這些人夾在中間為難呢？我們本來是相安無事的，這下子被你搞得雞飛狗跳，你是不是就滿意了啊？」

孟森大咧咧地說：「麥局長，你何必這麼緊張呢？你怕他什麼啊？他一個不接地氣的傢伙能把你我怎麼樣啊！我跟你說，我可不怕他，你沒看到那傢伙被我欺負時那個熊包樣，跟我鬥，他還不夠格呢！」

麥局長苦笑說：「孟董，我可沒你的膽子，我跟你講，官場上可是官大一級壓死人的，你可以不怕，我不能不怕。何況你做你的買賣，幹嘛要去惹他啊？」

孟森耍狠地說：「你別管為什麼啦，也沒什麼為什麼，我就是想欺負他一下。」

麥局長心說你這不是發神經嗎？一個常務副市長也是你想欺負就欺負的？你以為你是誰啊？要做到一個地級市的常務副市長，身後絕對不會一點背景都沒有，這不知道是多少勢力才能拱出這樣一個人物來呢。

你欺負了他，就等於是欺負了那些拱他到這個位置的人，人家還不全力來對付你？真是不自量力，以為有什麼孟副省長支持，就可以為所欲為了。你不知道天外有天，山外有山，這世界上比孟副省長有勢力的人多了去了。

麥局長沒好氣的瞅了孟森一眼，說：「既然孟董什麼都不怕，自然也不需要跑來要我透什麼底，我們打交道也不是一次兩次了，公安能做什麼，你比我還清楚吧，還要問我什麼呢？」

孟森皮笑肉不笑地說：「你不透底也行啊，我倒是可以猜得到你們會做什麼，不過呢，我希望麥局長你瞭解一個事實，那就是這個孫守義只不過是下來鍍金的，他不會在海川待太長時間的。而你我都是海川人，生老病死可都是要在海川，所以呢，麥局長，我希望你做什麼事情都要多想想，多給自己鄉親留一點餘地，省得將來不好見面。」

麥局長看了看孟森，說：「孟董，你這是什麼意思？是要威脅我嗎？」

孟森笑了笑說：「我可沒這個意思啊，我只是來跟麥局長打個商量而已。好了，話呢我已經說透了，我想麥局長已經知道我的意思了，那我就不打攪你了。」

孟森說完，也沒等麥局長有什麼表示，開了車門自顧的下了車，上了自己的車後揚長而去了。

麥局長在車裏狠狠地瞪著孟森，孟森話中威脅的意味已經表露無遺了。他在心裏爆了句粗口，心說：孟森，你這個王八蛋衝我抖什麼威風啊，你有本事去跟孫守義使啊，來擠兌我幹什麼？老子是招你還是惹你了，看對方不順眼卻來找我的麻煩？

司機這時上了車，看了看麥局長，問說：「麥局長，接下來去哪裡啊？」

麥局長沒好氣的說：「還能去哪裡啊？回局裏。」

一路上，麥局長的眉頭都皺到一塊去了。

孫守義和孟森這兩個傢伙自己都惹不起，得罪了孟森，孟森這種人可是什麼事情都做得出來的；他如果被逼急了，在背後對他或者他的家人下什麼黑手，那可是防不勝防。

反過來，他如果站在孟森那邊，孫守義一定不會對自己善罷甘休的，等於是把炮火朝向了自己，因為孫守義一定會把他當成是孟森的保護傘，這樣子的話，自己就站到了他們這場戰爭的最前線。孫守義可能會把全部的力量都用來先對付自己，那時候自己這個局長的位置還能不能坐得住，就很難說了。

唉，這可怎麼辦呢？無論自己選擇哪一邊，自己接下來的處境都會很艱難，他們兩大陣營鬥法，卻把自己夾在中間進退失據，這不是難為人嗎？

「麥局長，到了，您是不是下車？」司機問。

麥局長看了看司機，說：「到了嗎？」

司機困惑地看了麥局長一眼，眼下明顯就是在公安局裡了，麥局長怎麼還會問到了沒?他不敢說什麼，就說：「是呀，麥局長，我們已經在公安局了。」

麥局長看了看外面，這才發現確實是在公安局了，不禁搖了搖頭，心說，我真是被這倆混蛋弄昏頭了，回到自己院內都認不出來了。

麥局長打開車門下了車，低著頭快步往辦公大樓裏走。

突然，麥局長抓著著胸口的衣服，眉頭緊皺，痛苦的倒在了地上。

周圍的人看到這種情形，趕忙衝了過來，一邊去扶麥局長，一邊問：「局長，您怎麼了?哪裡不舒服啊？」

麥局長一副呼吸困難，很痛苦的樣子，說：「我胸口痛，快，叫救護車。」

馬上就有人打了求救電話，一聽說是麥局長病了，醫院哪敢怠慢，很快就派了救護車來，給麥局長簡單的診治了一下之後，研判可能是心臟病發作，救護車就嗚啦嗚啦的叫著把麥局長拉走了。

在醫院，專家們給麥局長作了全面的檢查，確定是心臟病的關係，但病況並不嚴重，簡單的治療後，麥局長的痛苦表情已經沒有了，但為慎重起見，醫生建議麥局長留院觀察治療。

麥局長的老婆接到局裏同志的電話，說麥局長被送到醫院了，嚇得要死，匆忙趕到醫院。看到麥局長臉色蒼白的躺在病床上，趕忙關切的問說：「老麥啊，你現在感覺怎麼樣了？」

麥局長疲憊的說：「你別緊張，我沒什麼大礙。」

老婆擔心地說：「你沒什麼大礙怎麼會倒在公安局啊，老麥，工作雖然要緊，但最要緊的還是身體，你身體萬一累壞了，我下半輩子要去靠誰啊？」

麥局長不高興地說：「你瞎說什麼啊，別說這麼晦氣的話好不好？」

老婆埋怨說：「我瞎說什麼？你都這樣子了，這是我瞎說的嗎？不行，我要去市裏面找金市長，跟他請假，讓你在這裏好好休養一段時間，先把身體養好了再說。」

麥局長瞪了老婆一眼，說：「你這女人懂什麼啊？你老老實實給我在這兒坐著。我好好的，請什麼假啊？」

老婆還要說些什麼，麥局長指著她說：「你先給我閉嘴。」

麥局長在家裏很有地位，加上他還在病中，老婆不敢違抗他，不情願地閉上了嘴，可是不滿的將嘴撅起老高。

麥局長看了看病房裏的醫生和護士，不好意思地說：「請你們先出去一下行嗎，我有話跟我老婆說。」

麥局長的病情已經穩定下來，醫生就沒必要時時刻刻留在旁邊，看麥局長有私己話要跟老婆說，便說：「那麥局長我們先出去了，您的病情剛穩定下來，可別激動啊，有什麼情況再叫我們。」

麥局長點了點頭，說：「行，大夫，謝謝你們了。」

醫生和護士離開了，老婆瞪了麥局長一眼，說：「你需要這麼認真嗎？請幾天假而已，市裏面又不能把你的局長免職！」

麥局長指了指病房門，說：「你先去看看外面有沒有人，然後把門關好。」

這下子老婆看出事情有些蹊蹺了，也許麥局長的病情沒有那麼嚴重，她就沒那麼緊張了，走過去看了看病房外面，確信沒有人待在附近，這才把門給關上了。

關上門後，老婆看了看麥局長，說：「究竟怎麼回事啊？爲什麼搞得這麼鬼鬼祟祟的？」

麥局長這才小聲地說：「我沒事，我這病是裝出來的。你也知道，前段時間我才做過身體檢查，當時檢查我的心臟有早期冠心病的症狀，並不嚴重。」

老婆奇怪地問：「你好好地爲什麼要裝病啊？」

麥局長嘆了口氣說：「好好的我就不會裝什麼病了，我是今天被兩幫人難爲住了，不得不裝著病上一場。」

原來麥局長進公安局大樓的時候，胸口突然微微的痛了一下，他一下子想起自己前段時間做身體檢查的時候，醫生說他的心臟有點小毛病，但只要注意調養，情緒穩定，應該就沒什麼問題。此刻胸口疼，不用說，一定是因爲被兩人搞得精神高度緊張，才會又犯了的。

麥局長剛想罵這兩個傢伙，一瞬間，他腦子突然靈光一閃，自己爲什麼一定要在這兩個人中間選邊站呢？自己也可以誰都不選啊。如果這時候自己病倒了，不就可以把這件事情給避過去了嗎？

麥局長想到了這個好主意，心裏一下子就敞亮開了。心說，你們這兩個傢伙都想擠兌我不是嗎，老子還不陪你們玩了呢。麥局長就順勢做出一副痛苦的樣子，倒在了地上。

雖然他的痛苦是裝出來的，但是他的心臟確實是有些問題，因此跟他預想的一樣，順利地留院休養了。

麥局長把前後因果講給了老婆聽，老婆這才鬆了口氣，瞪了麥局長一眼，說：「剛才我真是被你嚇死了，你也真是的，就沒別的辦法可想了嗎，非要裝病不可啊？」

麥局長苦笑說：「我如果還有別的辦法，有必要出此下策嗎？現在這兩邊都是祖宗，我哪個也惹不起啊。」

老婆搖搖頭說：「你這個官當得也真夠窩囊的。對了，既然你裝病是爲了躲開工作上的麻煩，爲什麼還不讓我去給你請假啊，你請了假，不是名正言順的就可以躲開這件事情了嗎？」

麥局長說：「你這個女人就是見識短，你去請什麼假啊？我確實是病了，我不去請假，市裏面也不會讓我回去工作的。反而你去請了假，會讓孫守義那傢伙覺得我是裝病，好避開他交辦的事情。」

老婆想了想說：「那怎麼辦，你總不能待在醫院裏，一點招呼也不跟他打吧？」

麥局長笑笑說：「當然不能那樣子了，我先在醫院待上個一兩天，然後再打電話跟市裏面請假，就說原本想治療一下就可以回去工作了，現在看來沒有預想的那麼快，可能需要多待些日子。這樣子的話，孫守義知道情況後，也不能說什麼話的。」

老婆搖了搖頭說：「老麥，你還真是狡猾啊，這樣的歪理你都能想得出來。」

麥局長攤了攤手說：「我這也是被那兩個王八蛋逼的嘛！」

夫妻倆正說著話的工夫，政委帶著公安局的一些同事趕來醫院看望麥局長了。

麥局長聽到敲門聲，臉上的笑意馬上就消失不見，裝出一副疲憊的樣子，示意老婆去開門。

政委看到麥局長的老婆，立即關切地說：「嫂子你來了，麥局長怎麼樣了？」

麥局長的老婆臉陰沉著，一副緊張的樣子說：「醫生已經做過初步的治療了，病情算暫時穩定下來，只是不知道會不會再復發。」

政委安慰說：「嫂子你別擔心了，麥局長一向身體很好，病情絕不會往壞處發展的。」

這時，麥局長在裏面有氣無力地說：「政委你來啦，快進來坐吧。」

麥局長的老婆就請政委一干人進了病房。

麥局長虛弱的說：「政委啊，我沒事的，你們別爲我擔心，我想我很快就會恢復，也許明天就能回去上班了。」

躺在病床上的麥局長強打精神，裝作輕鬆的樣子，還真的像是病得不輕。

政委把帶來的水果籃放到病床前的櫃子上，笑笑說：「麥局長啊，你也不要老是牽掛著局裏的工作，身體是本錢，你還是好好養病再說吧。」

麥局長的老婆在一旁聽了說：「是啊，老麥，政委說的對啊，什麼都不比身體重要，你還是聽政委的話，先把身體養好再說吧。」

麥局長裝出一副很不高興的樣子，說：

「你懂什麼，局裏還有一大堆事等著我處理呢，我這個時候怎麼能安心躺在醫院裏養病呢？政委啊，你看看，女人家就是分不出個輕重來。」

麥局長的老婆氣哼哼地說：「我怎麼分不出輕重啊，政委啊，你說說老麥吧，我剛才想去市政府找金市長給老麥請假，可是他非不讓。你說他要是有個什麼閃失，我今後的日子要怎麼過啊？」

麥局長火了起來：「什麼閃失不閃失的，你給我閉嘴！真是烏鴉嘴，你是不是就盼著我出個什麼事情啊？」

麥局長說到這裏，似乎是情緒激動了些，竟然眉頭又皺了起來，一副很痛苦的樣子，麥局長的老婆一看，趕緊衝出去叫醫生。

醫生很快趕了過來，麥局長這時好像是緩和了下來，長出了一口氣，對醫生說：「我沒事了，大夫。」

醫生不高興的看了看病房裏的人，說：「你們注意一下病人的情緒，別讓他太激動了，冠心病的病人是不能激動的。」

麥局長衝著醫生擺了擺手，說：「大夫，不關他們的事，好了我沒事了，你先出去吧。」

醫生又囑咐說：「你們不要待太長的時間，病人現在情況有些不穩定，需要多休息。」就出去了。

政委趕忙對麥局長說：「麥局長，你不要牽掛局裏的事情，先安心養好病再說。」

麥局長面帶無奈地說：「我也想啊，可是你也知道，如果孫副市長交代的事不趕緊處理的話，他會對我們公安局有意見的。我不能在這裏待太長時間，我還要回去主持研究如何解決那件事情呢。」

政委看了看麥局長，心裏不免有些狐疑了起來。雖然麥局長看起來好像真是生病的樣子，但是這個時間點也未免太巧了一點吧？他該不會是裝病想把這個麻煩推給我，讓自己替他扛這個雷吧？

他想得美，當我是傻瓜啊？不管麥局長這病是真是假，我可不能主動把事情攬下來。想到這裏，政委做出一副很仗義的樣子說：

「麥局長，這件事情你就別擔心了，您目前的狀況我會跟孫副市長彙報的，我想他也不是不通情理的人，絕對不會你病著他還逼您去處理孟森的事。你安心養病，等你病好了，我們再研究這件事情，行嗎？」

一開始政委那副仗義的樣子，讓麥局長心裏還有幾分竊喜，他以爲政委是打算把事情攬下來了呢，哪知道最後還是說要等他好了再來處理，根本是把事情栽在他的身上。

麥局長心裏這個氣啊，心說：你也太滑頭了吧，我都這樣子了，你還不出來擔些責任。

不過政委肯出面去跟孫守義彙報，倒避免了麥局長去跟孫守義面對面解釋這件事的麻煩，也讓他的病更像是真的了，這多少還是幫了點忙的。

麥局長也不能在這個時候去跟政委說，你把孟森的事情拿去處理吧，那樣就會暴露出自己想要避開麻煩的真實目的。他只好說：

「政委，這樣子不好吧？孫副市長肯定會不高興的。」

政委說：「你不是病了嗎？我會跟他解釋清楚的。」

麥局長的老婆幫腔說：「政委啊，那就麻煩你了，拜託你跟孫副市長多說幾句好話，就說老麥身體一好，馬上就會回去工作的。老麥這個樣子，我實在不放心他立刻回局裏工作的。」

政委笑笑說：「行，嫂子，我會辦好這件事的。好了，我們也不耽擱麥局長休息了，麥局長，你安心靜養，我們先回去了。」

麥局長說：「行啊，政委，局裏的工作你暫時多費點心啦。」

政委就帶著來的人離開了。

門關上之後，麥局長的老婆忍不住罵了句：「這個政委真是滑頭啊，你都這個樣子了，他還不想把事情接過去。」

麥局長笑笑說：「好了，我這病也是裝的嘛，我們算彼此彼此。反正不管怎麼樣，我暫時是不需要去擔心什麼了。」

老婆有些擔心地說：「老麥，你說政委有沒有看出來你是裝病的啊？」

麥局長說：「應該沒有吧，我表演的有什麼漏洞嗎？」

老婆笑笑說：「那倒沒有，你演得跟真的似的，沒想到你還有表演的才能啊，這輩子你沒幹演員真是可惜了。」

麥局長聽了，笑說：「你就別諷刺我了，其實在官場上的人，哪個不是演員啊？如果場面上的人不會演戲，我估計他一天官都做不了的。」

這邊孫守義還不知道麥局長住院的事，他下午在外面參加了工商聯的一個活動，活動還沒結束就接到了金達的電話，金達問他什麼時候會回市政府。

孫守義看了看活動進行的狀況，他沒準備留下來吃完飯，就說：「快了，再有半個小時就結束了。」

金達說：「那你回來到我辦公室一趟。」

孫守義等活動結束，上車的時候，劉根報告說：「孫副市長，有件事您可能需要知道一下，公安局的麥局長心臟病發作，住進醫院了。」

孫守義愣了一下，說：「小劉，這什麼時候發生的事啊？」

劉根說：「剛發生不久，我也是一個朋友打電話告訴我的，說是麥局長下午出去辦事，回到局裏的時候，突然在公安局門前摔倒，緊接著就被送進醫院，醫生診斷說是心臟病發作，需要住院觀察一段時間。」

孫守義有點哭笑不得的感覺，他覺得麥局長在這個時間病倒也太巧了一點，可是他也不能表示質疑，那樣傳出去就顯得他這個人有點太刻薄了，下屬都病倒了，他還懷疑這懷疑那的，似乎也太不近情理了。

孫守義聯想到金達打來的電話，猜想金達找他可能也是要談這件事情。

他對劉根能夠迅速地掌握第一手的資訊並及時彙報給他十分滿意，這樣他才能及時掌握周邊人物的動向，立即做出相應地反應。好比金達跟他說這件事時，他就知道該如何應對，不至於被搞得措手不及。

孫守義笑了笑說：「你這消息很及時，做得不錯，謝謝你了，小劉。」

劉根被孫守義稱讚，心裏很高興，說：「我是您的秘書，這種事是我應該及時跟您反映的，謝我幹什麼啊？」

孫守義微笑著說：「你做得好就應該受到稱讚，剛才金市長打電話來，八成就是爲了這件事。小劉，你看金市長會不會覺得是我把麥局長逼生病了？」

劉根搖搖頭說：「怎麼會，可能這病並不是因爲您，有人說，下午在公安局附近看過孟森的賓士車，據說孟森的車一直跟著麥局長的車，很可能兩個人見過面了。」

孫守義聽了說：「這麼說，麥局長的病搞不好是因爲孟森囉？」

劉根說：「那我就不清楚了，起碼我覺得兩者是相關的。」

孫守義收起了臉上的笑容，說：「嗯，我心中有數了。」

回到市政府，孫守義直接去了金達的辦公室。

金達看了看他，說：「老孫，你聽說沒有，公安局的麥局長病了？」

孫守義不想讓金達知道他已經曉得這件事，一來他不想讓金達覺得他在海川消息很靈通；二來，他一下子很難做出適當的反應出來，索性就裝糊塗，這樣可以省去很多解釋，便說：「是嗎？怎麼了？我上午在公安局聽麥局長彙報的時候，他還好好的啊，沒感覺他有什麼異常啊？」

金達觀察了一下孫守義的表情，倒也看不出來孫守義有什麼異常，便說：「是這樣子，公安局打電話跟我說，麥局長下午出去辦事回來的時候，在公安局門口突然心臟病發作，被緊急送醫。」

孫守義假裝詫異地說：「這麼嚴重啊？」

金達說：「是啊，據說現在狀況穩定了些，不過還是要住院治療一段時間。」

孫守義驚聲說：「哎呀，這個麥局長怎麼也不注意一下自己的身體呢？」

金達看了看孫守義，說：「這也不是他說注意就能避免的。」

孫守義見金達似乎一副欲言又止的樣子，心中猜測金達可能已經知道他上午在公安局對麥局長說了些什麼。

他不知道金達對孟森是什麼態度，因此也搞不明白金達對麥局長病倒這件事抱持著什麼樣的立場，金達是想指責他不該給麥局長施加壓力呢？還是覺得這件事他並沒有做錯呢？這著實很令人玩味的。

忽然，孫守義想起傅華跟他講的，可依靠的力量就在他的身邊，難道他說的就是金達？

很可能啊，就這段時間孫守義對金達做事風格的瞭解，金達跟孟森絕不是同路人，而金達是目前海川少數幾個比自己級別高，有能力和實力對付孟森的人。

不過，作爲主政海川的人來說，孟森並沒有惹到金達，金達並沒有理由直接衝出來跟孟森對壘。

孫守義就很想試試金達的立場，他看了看金達，說：「金市長，我覺得麥局長病了的事，可能要怪我。」

金達詫異地說：「怎麼了，老孫，爲什麼這麼說？」

孫守義說：「我剛才不是說我上午去過公安局嗎？我覺得可能是我說的一些話，讓麥局長感到了壓力。」

金達問：「你說了什麼啊？」

孫守義說：「其實也沒什麼，只是我辦公室收到了一些舉報信，信上說海川市公安局包庇惡勢力，我看舉報內容與公安部門有關，正好我今天要去那裏，就把信帶過去給麥局長看。我是想讓他們看看舉報信上的內容是否屬實，如果確實存在的話，就趕緊糾正。」

金達說：「這沒什麼啊，你這也是爲了他們好，麥局長應該不會不接受吧？」

孫守義說：「我也是這麼認爲的，可是當我把信拿給麥局長看的時候，我才感覺到問題可能不像我想的那麼簡單，我看得出來，麥局長對舉報信上的內容有些抗拒。」

金達不解地說：「不會吧？他沒有理由抗拒啊。」

孫守義說：「怎麼不會，他甚至不想把信接過去，害我幾乎有些下不來台，差一點就把信給收回來了。幸好麥局長還是給我保留了點面子，把信接了過去。不過，態度還是很勉強。金市長，我剛來海川不久，對海川的情況還不太熟悉，是不是舉報信涉及的那個叫什麼孟森的人，在海川是一個很厲害的人物啊？你不知道，那次中天集團來海川考察的時候，我出面宴請林董，這個孟森就硬闖進來，非要敬我的酒不可，我擔心如果跟他衝突起來，會給客人留下一個不好的印象，就勉強喝了那杯酒。我當時心裏就奇怪，孟森怎麼有這麼大的膽子，敢硬逼著一個副市長跟他喝酒，現在看麥局長被舉報信嚇成這個樣子，我才明白孟森敢那麼做，是有他的底氣在的。」

金達看了看孫守義，他並不相信孫守義不知道孟森的底細，能夠做到地級市副市長的人，都是經過相當程度的歷練的，如果這人不瞭解對手的底細，就貿然的對對手發起進攻，那等待他的就只有失敗了。

孫守義絕非這樣的人，金達更願意相信孫守義是謀定而後動，他一定是早就做好了準備，才出手對付孟森的；而他一出手，針對的就是孟森最根本的軟肋。

夜總會是孟森的財源，如果搞掉了這個，那就等於是斷了孟森的後路，因此孫守義是想要借助海川市公安局的手打掉孟森的命脈。

這絕對不會是孫守義偶然收到幾封舉報信之後，沒經過考慮就隨便把信帶給麥局長看才導致的結果。他一定是事先精算過每一個行動的步驟，逼著麥局長不得不將信收下來，而麥局長也因爲被逼到了牆角，不得不做出表態，又夾在孟森的要脅下，才會在公安局門口心臟病發作，被送進醫院的。

這麼說，麥局長的這場病還真是因爲孫守義才犯的。

# 第九章

# 公開宣戰

這幾天自己做的事情，等於是跟孟森公開宣戰了，如果自己不能將孟森打趴下，
那等著自己的不但會有孟森的報復，他更會被海川政壇上的人瞧不起。
人們會說這個孫守義只會玩一點小小的花招，並沒有什麼真本事。

金達心中暗自感覺好笑，也爲麥局長感到悲哀。他瞭解麥局長這個人，這個人性格有些軟弱，做事也很滑頭，對社會上的一些事情不敢管，也不想管，正因爲如此，海川的一些惡勢力，像孟森這樣的，才有坐大之勢。

一個公安局長竟然因爲要整頓惡勢力而嚇得病倒，這樣子的公安局長也軟弱得太過分了。所以他一點都不同情麥局長，反而覺得麥局長有點活該。

不過，孫守義跟自己說這些是幹什麼？他是不是想要試探自己對麥局長和孟森的態度？現在看來，這傢伙是很精於算計的，是不是他想把自己也算計在其中呢？這還真是要小心一些，可別被人當槍使了。

金達笑了笑說：「原來是牽涉到興孟集團的孟森啊，難怪麥局長會不願意接下你帶去的舉報信。」

金達並沒有表現出來明顯的喜惡來，他的話很中性，不帶任何立場，孫守義心說：你這傢伙也挺會裝的，明明就知道事情的來龍去脈，卻還一點態度都不肯表露出來。

不過，你這好像沒什麼立場的樣子，反倒洩露了你真正的立場。

金達肯定猜到了自己是想借公安局的手來整治孟森，但金達不但沒生氣，還表現得很平和，就說明了金達對自己這麼做並不反感。

另一方面，自己來海川時間還不長，就這麼干涉下屬機構的事務，這對政府的一把手來說，常會視作是一種對他權威的冒犯，但是金達並沒有壓制和抨擊他，這就更說明金達不但不反對自己的做法，甚至還有些樂見其成的意思。

孫守義心裏放鬆了下來，他相信就算金達不會真的出面幫自己對付孟森，起碼也不會幫孟森來對付自己，這代表自己的後防是穩固的。

孫守義笑笑說：「怎麼，金市長瞭解這個孟森的背景？」

金達說：「不能說瞭解，這個人這些年在海川賺了些錢，就有點不知自己多少分量了。」

金達話中透露了他對孟森的貶抑，說明他對孟森是看不慣的，孫守義笑笑說：「就算他賺了點錢，也不能這麼狂妄啊？」

金達笑笑說：「也不是有點錢那麼簡單，這裏面的因素很多，省裏有領導對他的興孟集團很看重，他又是省政協委員，海川要處理他也不是一件容易的事情，麥局長感到壓力也是很正常的。」

孫守義說：「金市長，有句話我現在說可能並不合適，甚至有點不近人情，但是這是我的真實想法，我不吐不快。您覺不覺得麥局長這個人有點太過軟弱了，對付孟森這種人有壓力很正常，但是被壓倒可就不是一個公安局長應該有的表現了。」

金達看了看孫守義，說：「老孫，你這話是什麼意思啊？」

誰都知道要對付一個流氓，公安局肯定是很重要的一關。要對付孟森，如果沒有一個強有力的公安局長，就算是他和金達下的決心再大，恐怕也很難對孟森怎麼樣的。

孫守義有些氣憤說：「金市長，我個人覺得，孟森這種人能夠在海川成氣候，與我們海川公安局的軟弱是不無關係的。現在孟森已經越來越不受控制了，您想，我這個常務副市長他都沒放在眼中，其他那些人還不知道被他怎麼欺負呢。像麥局長這樣軟弱怕事的官員，不但無法起到管理孟森這種人的作用，相反，他畏頭畏尾的行為還可能助長孟森的囂張氣焰，讓這樣一個人管理公安局，顯然是不行的。」

孫守義說完，盯著金達。

他說這番話是有些冒險的，一個新來的官員還沒坐穩，就提出想要更換公安局長這種重要部門的管理者，顯然是有些不太合適，金達會不會覺得他過於急著抓權了呢？

還好金達倒沒有表現出什麼不滿，他只是輕輕地搖了搖頭，說：

「老孫啊，這些話，你在我這裏說一說還可以，出了這個門就不要再講了。你應該也知道，要更換一個幹部，不是你我能說了算的，要經過組織上才能決定。這個麥局長雖然有些軟弱，可是這些年來也沒犯過任何錯誤，公安局在他手裏還算穩定，他的資格又老，所以即使包括張書記，誰也不好開口說要把麥局長給換掉。」

金達這麼說，表示他不是沒看到麥局長存在的問題，但是限於官場的潛規則，他也無法解決這個問題。

在官場上，就算你看一個人不順眼，但只要這個人不犯錯，你還是無法拿他怎麼樣的。就算你比這個人級別高，權力大，也是不行，因爲官場上是有它運行的一定規則，除非你不遵守這些規則，否則就拿他沒辦法。

顯然金達和張琳並不是那種魄力十足、敢於打破規則的人，這也可能就是張琳和金達眼看著孟森在海川坐大，而無法出手整治的原因之一吧。

孫守義心裏嘆了口氣，有些灰心。他意識到他要面對的不僅僅是孟森一個人，甚至不是孟森的興孟集團，而是圍繞著孟森所形成的一張網。

這張網雖然不是以孟森爲核心，但是這張網上的每一個人卻因爲這樣那樣的原因，不同程度上在維護著孟森。他要動孟森，就會驚動這張網上的很多人，而這些人就會爲了各自的利益，共同來阻礙他進一步的行動。

他覺得有些無趣，便說：「金市長您說的很對，麥局長雖然庸庸碌碌，可是要想動他還真的是很難。」

金達勸說：「老孫，這個你要理解，我們這些領導也不能說幹什麼就幹什麼的。」

孫守義心裏發狠說：老子就不信這個邪了，我一定要想辦法把孟森這個流氓給懲治了，不然的話，乾脆不做這個常務副市長算了。

不過，對付孟森不是一朝一夕的事，還需要從長計議，他便笑笑說：「我明白，金市長，既然麥局長病了，我明天就去醫院探望他一下，看看他的病情究竟怎麼樣。」

金達怕孫守義心裏還有什麼想法，便告誡說：「老孫，你要去看他不是不可以，不過可不要再去激怒麥局長，他現在這種情況可不能再受刺激了。」

孫守義笑了笑說：「我不會去跟一個病人計較的。」

金達點點頭說：「那就好。」

孫守義說：「那您如果沒什麼事情，我就回去了。」

金達說：「行，你回去吧。」

金達看著孫守義出去了，心說：這傢伙倒是一個積極的人，這樣一個人在海川政壇上攪動，會不會讓海川政局起什麼波瀾啊？這對海川來說，是一件好事還是壞事呢？

對於孟森，金達實際上是關注一段時間了，某種程度上，他跟孫守義是持同一種看法，他也覺得不能繼續這麼縱容孟森下去。孟森因為有孟副省長的支持，已經漸有尾大不掉之勢，如果再不管管，恐怕將來不出事則已，一出事就是無法收拾的大事。

但是有些人卻不像金達這麼想，這些人當中就包括市委書記張琳。

水至清則無魚，張琳對孟森是採取多少有些放任的態度，他認為對於民營企業管得太嚴了，會傷害到海川市經濟的正常運行。

因爲這個態度，金達就不好明確的跟他唱對臺戲。對麥局長的想法亦是如此。他很贊同換掉麥局長，但是他知道張琳肯定不會同意這麼做的，而市委書記不同意在人事方面作調整，他一個市長就算是舉雙手同意也是於事無補。

金達曉得孫守義有些後台背景，心中多少是有些期待，也許孫守義真能治得了孟森呢。金達真心希望孫守義能夠成爲自己很好的幫手，依靠他身後強大的後盾，幫他掃清海川存在的一些問題，這樣他這個市長的工作也會好幹一點。

第二天上午，孫守義帶著鮮花果籃去了醫院，看到正在打點滴的麥局長和他的老婆。麥局長看到孫守義來了，慌忙就要坐起來，孫守義急走一步，笑著說：「別起來，別起來，躺著就好。麥局長啊，這我可要說你啊，你怎麼就這麼不知道愛惜身體啊？」

麥局長苦笑了一下，說：「孫副市長，倒也不是我不愛惜身體，人上了年紀，就不知道哪一個零件會突然不好使了，事發突然，我也沒想到就病倒了。」

醫院的院長這時正好來查房，孫守義跟他打過招呼之後，便問起麥局長的病情：「是什麼原因讓麥局長這個歲數就得了心臟病？是不是他的工作壓力太大了？」

院長點了點頭，說道：「現在人工作壓力很大，心臟病有往年輕化發展的趨勢。麥局長就很典型，我想要不是他工作壓力太大，也不會年紀尚輕就得上了心臟病。」

孫守義假作擔心的說：「院長，如果繼續這個樣子下去，是不是麥局長的病會越來越嚴重啊？」

院長說：「心臟病治療的關鍵主要是在保養，麥局長現在的病況還是早期，如果他能減輕一下工作壓力，注意一下情緒的話，身體並不會有大礙的。」

孫守義搖了搖頭，對麥局長的老婆說：

「嫂子，這個就是市裏面考慮得不夠周到了，沒有為麥局長的身體著想，給他的擔子太重了，這讓我心裏感到很歉疚啊。回頭我會跟張琳書記反映一下這個情況的，讓上面要多為麥局長身體健康著想，適當的為他減輕一點負擔。」

麥局長的老婆聽了，臉上就有些尷尬，她心裏清楚麥局長是在裝病，可是孫守義卻有把麥局長病情擴大的意思，還想把情況跟張琳書記彙報，搞得市委市政府的領導都知道，這對麥局長來說可不是件好事。

麥局長的老婆趕忙客氣地說：「孫副市長，其實老麥也沒什麼大事，治療休息幾天就好了，您真的不需要太過為他擔心。」

躺在床上的麥局長心裏也很著急，官場中人實際上很忌諱身體有病這種事情，這次要不是因爲被孫守義和孟森逼得太緊了，他也不會想到裝病這一招的，要是孫守義把他生病的事宣揚的滿世界都知道，那麼領導在考慮工作安排的時候，就很可能會因爲他的身體狀況有所顧慮了。

最怕的就是要他騰出局長這個位置來，把他安排到一個閒職上，這可不是麥局長想看到的結果。

他裝病只是想躲開孫守義和孟森的鬥爭，本意是想保住自己的位置，可不想給人口實，讓人借機搞掉他。如果是那樣的話，倒還不如豁出去幫孫守義博一下了呢。

麥局長立即表態說：「孫副市長，您的好意我心領了，我的病真的不要緊，明後天就能出院了，您沒必要把這件事情彙報給張書記的，他的工作也挺忙的，就別讓他爲我這點小事操心了。」

看到麥局長緊張的樣子，孫守義心裏暗自好笑，這證實了他心中猜測麥局長生病是裝出來的。孫守義心中打定主意，就算這次不能趁機整掉麥局長公安局長的位子，也不能讓麥局長輕鬆過關，他要麥局長知道一下他這個常務副市長的厲害。

孫守義笑笑說：「麥局長，你一門心思都撲在工作上，這種精神是很可嘉的。但是對我們做領導的就不能這麼看了，我可不想看到一位敬業的同志倒在工作崗位上啊！我們也要對你的家人負責任的。不，這絕對不行。」

孫守義的話，說得麥局長心裏越來越發慌了，明白自己弄巧成拙了，讓麥局長本來還因爲想出裝病這一招沾沾自喜的心，一下子就跌到了谷底。

麥局長乾笑了一下，說：「孫副市長，我的病真的沒你說的那麼嚴重，我很快就能痊癒出院的。」

孫守義堅持說：「麥局長，能不能出院，可不是你自己說了算，這得要問醫生。現在正好院長在這裏，院長你說一下，麥局長的病，一兩天能夠痊癒嗎？我可跟你說啊，院長，你要想好了再說，如果你打了包票讓麥局長出院，麥局長的心臟再出什麼狀況，這個責任可就要讓你來承擔了。」

聽孫守義這麼說，麥局長心中暗自叫苦，孫守義這麼說就是在暗示院長不能說他身體沒事、這一兩天就能出院的話來。

果然，院長認真的看了看麥局長的病歷，然後對麥局長說：

「麥局長，你的情況雖然目前是穩定了下來，但是還需要觀察治療一段時間，我可不會讓你這一兩天就出院的。相信你也知道一句老話，叫做病來如山倒，病去如抽絲，你還是不要心急，安心靜養吧。」

麥局長這下子真的急了，他對院長說：「院長，我現在就沒事了，這個院我不住了，你還是給我辦出院手續吧。」

麥局長說完，一下子從床上坐了起來，衝著院長說：「把我身上的針頭拔掉，我要出院。」

孫守義知道麥局長是真的著急了，他心說：現在可不是你要出院就能出院的，你不是要跟我玩心計嗎？我陪你玩。

孫守義就快步走了過去，將麥局長按倒在床上，說：

「麥局長，你這是幹什麼啊？有病就一定要治，你要聽醫生的話，快躺下，快躺下。」

「我沒事了。」

麥局長還想掙扎，孫守義卻不讓他有這種機會，他朝在一旁不知如何是好的麥局長的老婆說：「嫂子，你別待在那裏，快幫我讓麥局長躺下，他這樣子激動，心臟病再發作可就不好了。」

麥局長的老婆看了眼孫守義，她覺得孫守義是故意在強調麥局長的心臟病，看似熱心，卻是別有居心，難道這傢伙看出老公的病是裝出來的？

不過，就算孫守義看穿了，麥局長的老婆也沒辦法戳穿他，現在也只有繼續裝下去了。

麥局長的老婆苦笑著對麥局長說：「老麥啊，還是身體要緊，你就聽醫生和孫副市長的安排，安心留在這裏養病吧。」

麥局長看到老婆銜著他輕輕的搖了搖頭，示意他不要跟孫守義繼續爭下去了，心裏明白眼前這個局面，他只有把病裝下去一條路可走，心情頓時黯淡下來，就不再掙扎，躺在病床上，長長地嘆了口氣。

孫守義看到麥局長被他逼著留在醫院裏靜養所表現出來的無奈表情，十分得意，雖然孟森的問題沒有解決，但整治了麥局長，讓他心裏一下子舒暢了很多。

孫守義拍了拍麥局長的手，說：「麥局長，你別心急，有病一定要治的嘛，你別擔心工作上的事情，你的身體狀況，我會詳細跟張書記和金市長彙報的，相信他們會做出一定的安排，再說，局裏還有那麼多同志在呢，我相信他們會做得很好的。」

說完，孫守義又轉頭對院長說：「院長，麥局長是因爲公安局的工作才累出毛病的，你一定要好好的給他治療啊，藥物什麼的都要用最好的；有必要的話，去大醫院請專家來給他會診一下，費用的問題你不用擔心，市裏面一定會給解決的，你就負責給我把麥局長治療得健健康康的，知道嗎？」

院長點點頭，慎重地說：「我知道了，孫副市長，我們醫院一定會全力以赴，治療好麥局長的病的。」

孫守義笑笑說：「這可是你親口答應我的，出了問題我可唯你是問。」

孫守義說這句話的時候是盯著院長的，院長一下子感覺肩上的擔子重了起來，他不得不對麥局長的病更加重視，雖然醫院原本的檢查結果說明麥局長的病並不是太嚴重，可是副市長都特別交代了，讓他也不得不謹慎一點。

院長立即說：「您放心，孫副市長，我馬上就跟北京的專家們聯繫，安排給麥局長會診，一定保證麥局長不出什麼問題。」

孫守義心裏越發笑得開心了，心說：麥局長啊，你不是喜歡裝病嗎，那就索性真的病一場好了。

孫守義又再三叮囑麥局長的老婆要照顧好麥局長，這才離開了病房。

從離開病房到回到市政府辦公室的這一路上，孫守義始終繃著個臉，什麼也沒說，等在自己的辦公室坐了下來，他的臉才解凍，慢慢有了笑容。

他跟麥局長的這場鬥法，肯定很快就會傳遍海川市，不用他說什麼，海川政壇上的人馬上就明白他孫守義並不是一個好惹的人。但是做到這個程度還遠遠不夠，光讓人知道自己是不好惹的還不行，還要讓人覺得不敢惹自己才行。

這幾天自己做的事情，實際上等於是跟孟森公開宣戰了，如果最終自己不能將孟森打趴下，那等著自己的，不但會有孟森更加兇狠的報復，他更會被海川政壇上的人瞧不起。

人們會說這個孫守義只會玩一點小小的花招，並沒有什麼真本事。

還有，麥局長現在肯定恨自己入骨，他等於是替自己新樹立了一個敵人，自己該趁熱打鐵，說動領導們對麥局長採取點行動了。

孫守義抓起電話，打給了金達，他要把麥局長的病情跟金達做一個彙報。

「金市長，我剛才去看了麥局長，有關他的情況，我想跟你彙報一下。」孫守義說。

金達說：「哦，你去看過麥局長了，他怎麼樣啊？」

孫守義說：「情況比我想的要嚴重，根據醫院的診斷，可能麥局長需要住院一段時間。醫院現在對他的病情還有些拿不準，準備請北京的專家來會診呢。」

金達停頓了一下，有些不相信的說：「有這麼嚴重嗎？」

孫守義說：「是啊，我也沒想到會這麼嚴重。金市長，看來麥局長短期內可能無法回到公安局工作了，您是不是考慮跟張琳書記彙報一下這個情況啊？公安局是很重要的，如果長期沒有人主持工作，對我們海川市可是不行的。」

金達心中有些疑惑，他覺得很突然，麥局長的病情怎麼會一夜之間變得這麼嚴重了呢？這裏面是不是有什麼隱情是自己不知道的呢？

金達不敢貿然答應孫守義去跟張琳彙報這件事情。如果彙報錯了，事情有什麼出入，他對張琳就不好交代了。

金達便笑笑說：「如果麥局長確實無法很快就回來工作，還真是需要考慮一下接替的人。這樣吧，我明天找個時間去看一看麥局長，探望一下他的病，也看看他對現在公安局的工作是怎麼個看法。」

孫守義爽快地說：「行啊，您去看了心中就有數了。」

轉天，金達到了醫院，麥局長夫妻倆正滿面愁容的待在病房裏，他們還在為昨天孫守義說的那番話彆扭呢。

麥局長看到驚動了金達，知道肯定是孫守義跟金達彙報了什麼，他苦笑了一下，說：「金市長，您來了。」

金達關心地說：「麥局長，怎麼回事啊？前些日子你還好好的，怎麼突然生起病來了？」

麥局長這個時候是有苦說不出，他搖了搖頭說：「金市長，其實只是一點小毛病，我覺得醫院有點小題大作了。」

金達說：「麥局長，這種事情需要聽醫生的，你不能憑你自己的感覺啊。」

金達為了瞭解孫守義究竟有沒有誇大麥局長的病情，便叫了院長來，當面詢問他。

麥局長擔心院長因為昨天孫守義的話而誇大自己的病情，就搶先說道：「院長，你可按事實跟金市長說，可不能故意誇大啊？」

院長看了看金達，說：「金市長，根據我們醫院的檢查，麥局長的情況並不是很嚴重，只是昨天孫副市長交代我們，必須給麥局長安排最好的治療，爲了避免我們醫院的診療不夠全面，所以想聯繫北京的大醫院，請他們的心臟科專家來給麥局長做一次會診。」

麥局長趕緊說道：「院長，我知道孫副市長這是爲我好，不過我自己的身體我自己清楚，我覺得真的沒必要這麼小題大作的。」

從院長的話中，金達聽出請專家會診是孫守義刻意要求的，知道他是想誇大麥局長的病情，好讓張琳書記和自己覺得麥局長的身體無法負荷，從而產生更換麥局長的念頭。

金達覺得孫守義這麼做有些卑鄙，就算你想換掉麥局長，也犯不著這樣折騰麥局長啊。更在自己面前撒謊，想利用自己作爲搞掉麥局長的工具。

金達心中對孫守義有了芥蒂，這個孫守義的心機也太陰沉了點吧，他得小心防著點。現在孫守義不會對自己不利，是因爲自己跟他之間沒什麼利益衝突，未來如果有了利益衝突，很難說孫守義不會用今天對付麥局長的那一套來對付自己。

不過，他也無法拆穿孫守義的伎倆，便笑了笑說：「麥局長，你不要說什麼小題大作的話了，趁機給身體做一下全面檢查也好，如果專家們檢查沒事，你不是就能更快的回到工作崗位上嗎？」

金達的話，表明了自己的態度，他贊同請專家的同時，也明確地說了希望麥局長更快地回到工作崗位上去。

麥局長感受到金達跟孫守義態度上的差別，安下了心，他笑了笑說：「還是金市長您關心我啊，我一定爭取早日回去工作。」

金達又交代院長：「既然要安排會診，那就快點安排。公安局的工作很重要，可不能少了麥局長，你早點把麥局長給治好了，我也少一塊心事。」

院長說：「我們已經在聯繫專家了，相信很快就會作出結論來。」

金達又跟麥局長的老婆聊了幾句，就跟麥局長告辭走了。

金達回到市政府，心裏對孫守義想利用他很不滿，本想把孫守義叫過來說說他，想了想還是放棄了，一來這件事情確實也不太好說，二來，真要說了，兩人之間難免心生嫌隙，他們這對原本看上去還不錯的搭檔，就不會再那麼合作無間了。

這時，金達很想找人訴說一下心中的感受，他想到了傅華。

金達突然想起傅華似乎有一段時間沒跟他聯繫過了，記得上次好像是因爲高爾夫球場的事情有點不太愉快，從那之後，傅華就沒再跟他通過話。

以往可不是這個樣子的，就算沒什麼特別的事情，有時候傅華也會打電話來，像朋友一樣，通報一下彼此的情況。是不是傅華生氣他維護錢總的高爾夫球場，這才不再跟自己那麼像朋友般親密了呢？

這個傅華也是的，他怎麼就無法理解自己的立場呢？也是啦，畢竟他不是市長，無法站在市長的高度上考慮問題。

他覺得自己跟傅華是很知心的朋友，沒有必要因爲一點小小的意氣之爭就鬧得互相不理對方。你不理我沒關係，那我來理你好了。

金達抓起了電話，打給傅華。

## 第十章

# 對立陣營

現在因為麥局長這件事情，孫守義跟金達這市長和副市長之間的關係變得敏感了起來，傅華也不知道事態會如何發展下去，這兩個人會像開始的那樣密切合作下去，還是會彼此心生齟齬，漸行漸遠，成為對立的兩個陣營呢？

傅華接通了電話，金達笑笑說：「傅華，你是不是有點太小氣了啊？」

傅華被弄愣了，說：「金市長，您什麼意思啊，我不明白。」

金達說：「你什麼不明白啊，別裝了，我們上次為了雲龍公司有了點爭執，你就再連個電話都沒打來過，你是生我的氣了？」

傅華確實是因為金達讓自己老婆在雲龍公司擔任顧問的事而生金達的氣，這是原則性的問題，他不能因為金達是他的好朋友，就接受金達利用職權謀取私利的行為。因此他這段時間也就有意無意避開金達，有什麼事情都是跟孫守義彙報，跟金達就沒有什麼交集。

金達似乎並沒有感受到這種異樣，這種狀態不覺也就持續了一段時間，不知道金達今天怎麼會察覺到這一點了。

不過金達過了這麼久才發現傅華對他有意見，也說明了一件事實，那就是傅華對金達來說，已經不再那麼重要了，他對金達的影響力在日漸式微。

傅華明白隨著金達地位日漸的穩固，他跟金達之間的距離也在逐漸加大，他們不再是那種可以促膝相談的真心朋友，更多的是上級與下屬的關係了。

傅華對此也不是不能接受，只希望金達不要在雲龍公司身上栽什麼跟頭就好。

傅華淡淡的說：「金市長，您這可是誤會我了，您的工作很忙，我又沒什麼必須要跟您彙報的事，自然就沒敢打電話去打攪您了。」

傅華的話讓金達感受到了距離，這種話是一般下屬跟領導說的話，雖然很客氣，卻冷冰冰的，一點熱情都沒有，這不是朋友間那種親近沒有距離的談話。

金達覺得傅華是還在生氣，就笑笑說：「傅華，你不是這樣子的人吧，上一次的爭執我早就忘記了，你是不是還記在心裏啊？」

傅華說：「沒有啦，金市長，您知道現在孫副市長分管駐京辦這一塊，小的事情我跟孫副市長彙報就行了，沒必要去麻煩您，所以就沒給您打電話。」

雖然傅華嘴上說沒有，金達還是覺得有什麼地方不對勁，可又說不出來是什麼地方不對勁，他也不好老是說傅華因爲雲龍公司的事情在生他的氣，那樣子顯得他太過絮叨一件事了，搞不好傅華原本沒生氣，這下子也被搞得生氣了。

金達便轉移了話題，說：「你沒生我的氣就好。傅華，說起孫副市長，我正好有事想跟你聊聊。」

金達還是以一個朋友的口吻說話，傅華便笑了笑說：「什麼事情啊？」

「是這樣子，你大概也聽說了孫副市長最近跟孟森之間的衝突吧？」

傅華說：「我知道，孟森跟孫副市長發生衝突的時候，我就在現場。怎麼了？」

金達聽了，突然有了一個疑問，傅華早就知道這件事，卻一點沒跟自己提過，以往，傅華可能早就跟自己說這件事，並提醒自己要有所準備了。

傅華爲什麼不跟自己說呢？難道孫守義要整治孟森這件事，傅華也摻合在其中？或者孫守義做這些事，根本就是傅華的主意？

最近有人說因爲孫守義來自北京的關係，傅華跟他走得很近，如果說孫守義挑戰孟森這件事是傅華的主意，倒不是一點可能都沒有。

想到這一點，金達心裏就有些不舒服了，他說：「傅華，你既然早就知道這件事，那孫副市長針對孟森採取行動的事情，你也知道囉？」

傅華不想隱瞞金達，便笑笑說：「孫副市長是跟我透露了一點。」

金達心中就有些惱火，他認爲孫守義跟傅華說的絕非一點點而已，他們肯定一起研究過這件事，孫守義採取行動的步驟肯定都是跟傅華研究好了的，要不然孫守義也不能一出手就精準的直擊孟森的七寸，逼著海川市公安局去查處孟森的夜總會。

難怪當初自己對孫守義對孟森這麼瞭解感到詫異呢，有傅華這種對海川政壇有精準掌控力的人在背後幫他，孫守義對他要對付的對手，自然是瞭若指掌了。

金達有一種被自己最好的朋友耍了的感覺，這一切傅華都應該先告訴他才對，而不是讓他被蒙在鼓裏，被他被孫守義牽著鼻子轉。

金達不高興的說：「傅華，你既然知道這些事情，爲什麼不事先跟我說一聲呢？你心裏還有我這個市長嗎？」

傅華被問住了，他還不知道孫守義跟麥局長在醫院鬧的那一齣，因此對金達的責問有些莫名其妙。

他有些困惑的說：「怎麼了，金市長，孫副市長只是跟我說了他對孟森的不滿而已，這個我要怎麼跟您彙報啊？」

金達冷笑一聲，說：「恐怕他不止跟你說他對孟森的不滿而已吧？他就沒告訴你他想要出手對付孟森嗎？」

傅華被金達的質問語氣搞得不悅了起來，他並沒覺得自己做錯了什麼，相反，他覺得金達衝自己發火有些過分。

孫守義要出手對付孟森又怎麼了，孟森本就有許多遭人詬病的行爲，作爲一個常務副市長出手整治海川市的不法行爲有什麼不對嗎？難道都像你一樣，對他人的違法行爲視而不見就對了嗎？

因而傅華也不客氣地說：「是啊，金市長，孫副市長是跟我說他要出手懲治孟森的不法行爲，我覺得這沒什麼不對啊，他一個常務副市長做這些也很正常啊。」

金達肚中的火氣一下子竄了起來，叫說：「還沒什麼不對，是不是你看到我這個市長被你們蒙在鼓裏，被耍得團團轉，覺得很開心啊？」

金達的這種態度，讓傅華不禁懷疑了起來。金達曾經跟他說過很討厭孟森在海川橫行霸道的行爲，現在怎麼態度變了，開始維護起孟森來了？難道也像被錢總收買那樣，金達也被孟森收買了？

傅華心中疑惑著，更搞不明白金達爲什麼會說被耍得團團轉這句話，於是問道：「金市長，我不知道您這麼說是什麼意思，我做錯什麼了嗎？」

金達冷笑一聲說：「傅華，你就別裝糊塗了好嗎，既然孫副市長做這些事事先都跟你商量過，他會做什麼你心裏一定很清楚，到這個時候了，你就別在我面前裝無辜了，沒必要！跟你說，這些人都不是傻瓜，這點把戲還看得穿的。」

金達越想越氣，傅華竟然跟孫守義聯手起來耍他，這真是令他很傷心，畢竟他一直拿傅華作爲一個可以交心的朋友。

很多時候，被敵人傷害了，還不會太意外和傷心，可是被自己的好朋友耍了，那種滋味特別的難受。

金達心中已經認定傅華跟孫守義聯手演出了這麼一齣把戲，就沒有心情再跟傅華聊下去了，講完這句話之後，直接就掛了電話。

傅華乍聽電話掛掉的聲音，感覺到事情有些不太對勁，特別是金達最後一句話似乎很感傷，一定是孫守義做了什麼事讓他感覺受到了欺騙，才會這個樣子的。

可是孫守義做了什麼，他又不好去問，畢竟人家才是領導，冒然去問人家沒說的事情，會不太禮貌的。

傅華在辦公室轉了半天，最後還是忍不住抓起電話，打給了孫守義。

他覺得還是應該弄清楚才對。現在金達對孫守義做的事情產生了反感，一定是孫守義某件事情做得有些過分，他必須問清楚，這樣才知道究竟是孫守義的問題，還是金達有什麼誤會？

孫守義接了電話，立馬就說：「傅華，你打電話來，是不是聽說了麥局長住院的事了？」

「麥局長住院了？」傅華驚訝的問。

他心裏愣了一下，爲什麼麥局長會住院了呢，不用說是因爲孫守義做了什麼，他開始感覺到問題被孫守義搞得有些複雜了。

孫守義說：「這麼說你還不知道這件事情啊？」

傅華說：「是啊，怎麼回事啊，麥局長怎麼會住院了呢？」

孫守義就把這兩天他跟麥局長交手的情形一一講給了傅華聽。

傅華聽完，心裏暗自搖起頭來，孫守義自以爲這麼做很聰明，實際上卻是雪裏埋死屍的做法。

麥局長病情本來不嚴重，請了專家之後，他的病情只會更明顯，金達一定是看穿了孫守義耍的小伎倆，誤會是自己跟他串謀搞的鬼，因此才會對自己那麼生氣的。

孫守義這麼做，擺明了是在利用金達，這種事情換到誰身上，誰都是會生氣的，更何況金達身爲市長，領導被下屬利用了，心裏會更生氣的。

孫守義說完，見傅華好半天沒反應，納悶地說：「怎麼了傅華，是不是什麼地方我做錯了？」

傅華苦笑了一下，說：「孫副市長，我知道你急於處理孟森這件事情，因此對麥局長有些意見，但是事情不是這樣子做的啊。」

孫守義反問說：「那應該怎麼做啊？你不知道，這個麥局長根本就不和我配合，而要動到孟森，公安局必須要聽我的安排才行，所以搬掉麥局長也就是必要的了，正好他裝病給了我這個口實，我把情況反映給金市長，讓金市長去跟張書記彙報，這樣子，只要金市長站在我這邊，就說麥局長的身體已經無法負擔公安局的工作，估計麥局長這個公安局長可能就要換位置了。」

傅華氣急敗壞地說：「孫副市長，問題哪裡有那麼簡單啊，如果那麼簡單，孟森早就被人整倒了，又怎麼能等到今天呢？」

孫守義原本捉弄麥局長的那股高興勁完全沒有了，他感覺似乎是有人跟傅華說了什麼，這個人很可能是金達，於是問道：「傅華，金市長找過你了？」

傅華說：「找過了。」

孫守義說：「他說了什麼？」

傅華心裏有些犯難，如實轉述金達說的話吧，金達的話明顯對孫守義是很不滿的，這會讓孫守義和金達之間產生嫌隙；可是不說呢，金達的不滿已經浮上臺面了。

傅華覺得還是說出來比較好，只是說法要委婉一點，於是說道：「他倒沒明確地說您什麼，只是語氣中透出一些不太高興來，恐怕他對你的做法並非完全贊同啊。」

孫守義納悶說：「怎麼會這個樣子呢，原本我跟金市長交流過看法，我看他對麥局長也是有意見的，他滿可以順著我鋪的路走下去，爲什麼會突然轉變立場了呢？」

傅華苦笑了一下，說：「孫副市長，您還是不瞭解金市長，他這個人做事向來很講原則，不喜歡玩什麼花招的。」

孫守義說：「你是說他不喜歡我玩的花招？」

傅華婉轉地說：「沒有人喜歡被別人利用的，金市長也是一樣，尤其是在不知情的情況下。」

孫守義辯解說：「其實我也不是想瞞他什麼，只是我跟他還不是很熟悉，有些話不好說得太清楚。」

傅華說：「反正他對此是很不高興的。」

孫守義說：「那回頭我找個機會跟他解釋一下好了。」

傅華勸阻說：「千萬別，不解釋也許還沒什麼，一解釋，問題可能就更複雜了。」

傅華阻攔孫守義去跟金達解釋，是因爲他擔心孫守義在解釋的過程中，會讓金達把話題牽涉到他的身上。

金達現在生氣，很大程度上並不是因爲孫守義沒告訴他實情，而是因爲誤會傅華跟孫守義一起故意瞞著他。這實際上是生傅華的氣居多，如果孫守義再去解釋，金達就會知道傅華把他說的話告訴了孫守義，那些本來只是私下的談話一旦告訴了孫守義，像是又把金達給出賣了一次一樣。

再說，傅華也沒有把金達說的話全部告訴孫守義，如果把金達其他的話也說了出來，會讓孫守義覺得他在兩人之間做騎牆派，想要左右逢源，說不定也會對他有看法了呢。

孫守義心裏也覺得跟金達解釋的話不好說出口，傅華說的不無道理，很多事情還真是越解釋越亂。

孫守義便說：「也是，那等以後有合適的機會再說吧。傅華，現在金市長已經對這件事情有意見了，他肯定不會去跟張書記說要換掉麥局長，勢態眼看要僵在這裏了，你說接下來要怎麼辦啊？」

傅華心說：搞到這個程度，我也不知道該怎麼辦了，你去跟麥局長鬥法的時候，又不來問我，現在出問題了才想起我來啊？

傅華無奈說：「我現在也沒什麼辦法啊。」

孫守義說：「別這個樣子，傅華，我知道金市長跟你發火，你夾在當中也不好做人，但是事情已經到這種地步了，你可不能撒手不管啊。你可別忘了，這件事情你跟我討論過很多次，沒有你，我可能也不會做這些事情，你如果就此撒手，可是有些不夠朋友啊。」

傅華心說：我還被你賴上了呢。不過他也不能看著孫守義就這麼繼續瞎搞下去，現在孫守義已經把麥局長給得罪了，接下來不知道他又會去得罪誰呢。這樣下去，孫守義很快會在海川四處樹敵的，到那時候，就算他的後臺再硬，他在海川也很難立足。

傅華覺得現在只好勸孫守義暫且按兵不動，之後再看形勢的發展決定下一步的行動吧。於是他說道：「孫副市長，您如果問我的意見，我覺得你還是暫且先不要採取下一步行動了。」

孫守義說：「你的意思是讓我先停下來？這樣豈不是太便宜麥局長了，我現在放手，他的局長位置可就穩坐泰山了啊？再想動他，恐怕沒這麼好的機會了。」

傅華苦笑了一下，說：「孫副市長，您不會覺得您真的可以借麥局長的病，把他的局長位置拿掉吧？」

孫守義質疑說：「難道不行嗎？」

傅華分析說：「我個人認爲是很難的。您要知道，一個局長職務並不簡簡單單的就關係那麼一個人而已，這裏面牽涉到的利益可是各方面。裏面需要有多少人脈才能把一個人給拱上局長的寶座啊？反過來講，你要拿掉他的局長寶座，你也要通過這些當初拱他上位的人的關卡，這些人可不會讓他們的心血付諸東流的，因此這不是件容易的事情。」

傅華這麼一說，孫守義馬上就明白這裏面所牽涉到的複雜關係了，不用說別人了，就說他自己好了，如果沒有身後那麼多支持他的人，他也得不到現在這個常務副市長的位置的。同樣的，如果有人想要搞掉他這個副市長位置，他身後的那些關係也是絕對不會坐視不理的，一定會出來盡力維護他的。

可是就這麼放棄，孫守義還是有些不甘心，他嘆說：「傅華，搞了半天，我這不等於是做了無用功了嗎？」

傅華說：「我倒不這麼覺得，我覺得目前來看，您做的這些努力還是取得了一定的效果。我當初也跟您講過，一開始只要給孟森一點懲戒就好了，他就會知道您是不好惹的。」

孫守義擔憂地說：「可是傅華，我看孟森這個人絕非善類，就算這次他不來報復我，不保證他以後就會放過我。這件事情不會就這麼結束的，等這陣風頭過去，我相信孟森一定會想辦法來找我的麻煩的。」

傅華安慰他說：「就算他要這麼做，那也需要一點時間。有了這點時間作緩衝，您可能也會多一些對付他的把握，畢竟您現在還是下車伊始，還不接地氣，您在海川還未深入紮根；真想徹底的剷除孟森的惡勢力，目前能拿出來的那點東西是遠遠不夠，傷不了孟森的筋骨的。」

孫守義沉吟了，傅華說的很有道理，就算一切都按照自己的設想，拿掉了麥局長，那就代表一定能夠把孟森的惡勢力給剷除嗎？很難說啊，用那些舉報信中的內容警告一下孟森還可以，但是真要拿孟森怎麼樣是不夠的。

傅華見孫守義不說話，知道他贊同了自己的說法，就接著說道：

「要對付孟森，您必須能拿出他足夠構成刑事犯罪的證據，眼下來說還辦不到，既然您也給了孟森一個下馬威，面子是找回來了，還是就坡下驢，暫且鳴金收兵吧。」

孫守義嘆說：「看來也只好這個樣子了。誒，傅華，你跟我說實話，金市長找你究竟說了些什麼？」

傅華笑笑說：「其實金市長也沒說什麼，他只是對您和我有一點誤會。」

孫守義也不是笨蛋，他知道金達一定是在傅華面前說了什麼話，傅華才會給他打電話的，因此說：「別吞吞吐吐的，什麼誤會啊？」

傅華只好坦白說：「他覺得您在麥局長面前做的事，都是事先跟我商量好的，怪我不該跟您一起騙他。」

孫守義不禁失聲說：「這個金市長還真是誤會了，他不知道這些事情你本來並不知道的啊。傅華，對不起啊，害你受了冤枉。」

傅華笑笑說：「沒什麼啦，等時機合適，我再跟金市長解釋吧。」

孫守義說：「你別說，這件事情還真的得你自己去解釋，我去解釋的話，反而會越描越黑，讓金市長更加誤會。」

傅華說：「是啊，我想等金市長氣頭過去了，應該就沒事了吧。算了，不去管他了。」

孫守義安慰他說：「金市長是個正派人，就算是生你的氣，他也不會搞什麼詭計來整你的。現在的關鍵還是孟森，對這個人我始終放不下心來。我眼下也沒有他犯罪的證據，你說我該怎麼樣才能想辦法拿到他犯罪的證據呢？」

傅華笑笑說：「其實您這次被麥局長給頂了回來也不是一件壞事，起碼您明白在公安局這邊，什麼人是您不能依靠的。」

孫守義說：「這算什麼好事啊?!有麥局長卡在那兒，我就無法利用公安機關的力量了。」

傅華說：「那倒不一定，麥局長是麥局長，別人不一定跟他是同一種想法，也許有人對麥局長和孟森有意見呢？」

孫守義說：「你是要我利用那些對麥局長和孟森不滿的人？」

傅華笑笑說：「我想公安局的領導班子絕對不會是鐵板一塊的，您說呢，孫副市長？」

孫守義笑了起來，說：「呵呵，我還沒見過鐵板一塊的班子呢。就我上次去公安局看到的情形，麥局長手下的那些副職好像都不是那麼跟麥局長一個心思，我向麥局長發難的時候，那些人都在一旁看麥局長的笑話呢，沒有一個人肯站出來幫麥局長說句話。最後那個政委是在麥局長一再看他的時候，才站出來打了一個圓場。」

傅華說：「您是說那個姓唐的政委啊？」

孫守義說：「對，對，那個政委是姓唐，我看他似乎是最不想站出來打這個圓場的。估計他跟麥局長之間有些矛盾。」

傅華說：「我覺得您現在需要的只是孟森的罪證，至於是誰給您的，就不是那麼重要了。」

孫守義笑笑說：「這倒是，我可以嘗試跟這個唐政委溝通一下。不過這樣子問題還是沒解決啊，就算我拿到了證據，麥局長這一關我還是過不了，尤其是我現在還把他給徹底得罪了。」

傅華說：「如果您真的能拿到證據，事情就不一定要在海川解決了。」

「你是說去省裏？」孫守義問道。

傅華笑笑說：「是的，孟森現在的影響力很大，海川這邊不一定能控制得住他。他又是省政協委員，海川市公安局如果要動他，必須取得東海省政協的同意，到那個時候，就算海川市公安局肯抓捕他，省裏這道手續也是必須要執行的，這期間說不定會有什麼變故，如果是省公安廳出面的話，有些麻煩可能就不會產生了。」

孫守義想想也是，他要對付的不僅僅是孟森一個人，還有孟森身後那一群人，特別是那個孟副省長，一個副省長相對於一個地級市的公安局長來說，是一個級別很高的官員，他們可能聽到這個名頭就會害怕了。這大概也是麥局長寧可裝病也不敢去惹孟森的原因之一吧。

可是到了省裏，一個副省長對省公安廳來說，威懾力可就沒那麼大了，他們的顧忌也會少很多。不得不說傅華考慮事情還真是心思縝密啊。

孫守義笑了笑說：「傅華啊，你是不是早就想到了要對付孟森，一定要到省裏這一點啊？」

傅華趕忙說：「孫副市長，這您可冤枉我了，我可沒有說要對付孟森，我只是就事論事而已。」

孫守義笑笑說：「好，是我要對付孟森好不好？與你無關總行了吧？不管怎麼說，謝謝你了傅華，沒有你給我做參謀，這件事情接下來我還真是不知道該怎麼辦了。」

兩人又閒聊了一些北京的情況，孫守義特別問了中天集團跟天和房產合作的進展情況。

傅華說兩家公司現在進行得挺好的，據說天和提供了他們對這個項目的一些資料。天和畢竟是海川的在地公司，他們對這個項目的瞭解程度當然遠遠超出中天集團，他們提供的資料讓中天集團對項目有了更多的瞭解，也增加了中天集團拿下這個項目的興趣。目前兩家公司正在協商未來合作的方式，相信不久中天集團就會重返海川的。

孫守義對合作的進展表示了滿意，表揚了傅華，說傅華這個工作做得不錯。

聊完這些，孫守義把話題轉到了林珊珊身上，他有點曖昧的說：「誒，傅華，你跟那個林董的女兒現在還有來往嗎？」

傅華小抱怨說：「有啊，我也沒辦法啊，林大小姐似乎有很多的空閒時間，沒事就會跑來駐京辦，我還不得不陪她，真是有點煩啊。」

孫守義聽了，笑說：「這你煩什麼啊？人家如花似玉的年輕小姐，一般人高興都還來不及呢。」

傅華解釋說：「我不是說林大小姐不好，而是我這個駐京辦主任是有工作要做的，她一來就完全打亂了我的工作步驟了，這一點才是我煩的原因。原來我還想替她跟天和集團的丁益牽牽線，沒想到人家大小姐眼光高，根本看不上他。」

孫守義有趣地說：「這麼說丁益對這個林珊珊有意思了？」

傅華說：「也不是，丁益覺得林珊珊的大小姐脾氣太嚴重，根本就不適合他。不過林珊珊這麼不甩他，讓他的自尊心受到了傷害，多少有點耿耿於懷。」

孫守義聊起林珊珊，也就是想跟傅華瞭解一下林珊珊在北京的狀況，聊到這裏，他想要知道的事也瞭解的差不多了，就笑笑說：「這個丁益有點意思啊。好啦，不跟你聊了，再保持聯絡吧。」

孫守義就掛了電話。

傅華將電話放了下來，弄清楚孫守義確實有些事情讓金達產生了誤會，傅華多少有些欣慰，起碼可以排除金達被孟森收買的這種可能。

不過，如何解除金達對他的誤會，還真是一大難題。

現在因爲麥局長這件事情，孫守義跟金達這兩個市長和副市長之間的關係變得敏感了起來，傅華也不知道事態會如何發展下去，這兩個人會像開始的那樣密切合作下去，還是會彼此心生齟齬，漸行漸遠，成爲對立的兩個陣營呢？

傅華希望是前者，這兩個人都是想做事的人，只不過一個人做事很講原則，一個人做事比較功利，但他們絕對是合則兩利、分則兩害的。

但是傅華知道，這可能只是他的一個美好的願望而已，現實往往是跟人們的希望相反的。嫌隙已經種下了，彼此心中已經有了疙瘩，未來這兩個人成爲對立的可能性是遠大於繼續合作無間的可能的。

傅華心中不由得開始發愁起來，未來這兩個人如果對立起來，他要站到那一邊去呢？怕是自己站到那一邊都不對。

也許有人會說，那就保持中立好了，但是在兩個對立陣營之間保持中立，只會讓這兩個陣營的人同時把你當做敵人，那樣就更危險了。

傅華在心裏嘆了口氣，這一切都怪孫守義，都是孫守義爲了對付孟森才搞出來的。本來他和金達算是難得合作默契的搭檔，這麼一搞，他們之間的合作儼然破局了。

這時門被推開了，林珊珊闖了進來，看到傅華眉頭皺著的樣子，開玩笑說：「傅哥，你這個樣子是不是表示你不想看到我啊？」

傅華也不敢招惹林珊珊這種大小姐，畢竟他還期待中天集團去海川發展呢，如果惹惱了林大小姐，再讓中天跟天和的合作生變，這個責任他可擔不起。

他趕忙說：「珊珊，我怎麼會不想看到你呢？是剛才孫副市長打電話來，跟我說了一件難辨的事情，讓我有些犯愁了而已。」

林珊珊說：「是那個孫守義啊？他又有什麼事情煩你啊？要不要我替你罵他一下啊？」

傅華笑了笑說：「算了吧，我的大小姐，他是我的領導，你不怕他，我可怕他，你罵了他，他還不在我身上加倍找回來啊？」

林珊珊笑笑說：「你不用這樣子吧？不就是一個小小的副市長嗎？有必要怕成這樣子嗎？」

傅華說：「官大一級壓死人的。好了大小姐，你光臨我這個小破辦公室有什麼事情啊？」

林珊珊說：「也沒什麼特別的事情，只是經過這裏，就想上來看看你。」

傅華心說：我這兒成了你的休息站了，每次經過都上來看看?!不過他也不能直接把林珊珊往外趕，就說：「還是你大小姐好命啊，有那麼多空閒時間，我就不行了，還有工作要做的。」

林珊珊不以爲意地說：「你忙你的好了，不要管我，反正你這裏我已經很熟了，我自己會照顧好自己的。」

傅華知道林珊珊跑來就是閒得無聊，沒什麼正經事情，他給林珊珊倒了杯水，就自顧做自己的事，不再去管林珊珊了。

林珊珊待了一會兒，有些無趣，就跟傅華說了再見後離開了。

過了一會兒，傅華總算把手頭的工作給處理完，看看時間已經到了吃午飯的時候，正準備離開辦公室去餐廳吃飯。突然有人敲門，沈佳推門進來了。

傅華趕忙站了起來，招呼道：「沈姐，你怎麼來了？」

沈佳笑笑說：「怎麼，不歡迎我來？誒，傅華，你辦公室裏這麼香，一定是有個美女藏在這裏，是不是被我正好撞上了，怕我告訴鄭莉啊？」

傅華叫屈說：「哪有什麼美女啊，我這辦公室就這麼大，沈姐你看，哪裡藏得下一個美女啊？這不到中午了，我正準備吃飯去呢。沈姐你這時候來，一定沒吃飯，走，一起去餐廳吃飯吧？有什麼事情我們邊吃邊聊，我忙了一上午，還真有點餓了。」

沈佳搖搖頭，笑說：「不對，你別想把我支開，這個香水味道絕對不會是你身上的，一定有美女來過了。你這麼急著把我支開，來的美女是不是你的什麼情人啊？」

傅華擺了擺手說：「沈姐，你可別冤枉我，我哪有什麼情人啊？這話可不能隨便說，傳到小莉耳朵裏，還不殺了我啊?!剛才倒是有一個美女來過，是那個林珊珊，她在這裏待了一會兒，嫌無聊就先走了。」

聽到林珊珊這個名字，沈佳臉色變了一下，心說：難怪這個香水味這麼熟悉。

再一次聞到這個味道，她的記憶被喚醒了，這個味道她曾經在孫守義身上聞到過，這件事一直是沈佳心中的一個結，她找不到能夠解開這個結的合理解釋。

除非……，一個可怕的想法在沈佳腦海裏浮現了出來。

不，守義一定不會那麼做的，沈佳立即打消了這個念頭。

她是十分相信丈夫的，絲毫不懷疑丈夫對她的忠誠，因此她覺得自己產生這個念頭很不應該，這有點褻瀆了他們夫妻之間真摯的感情。

傅華看沈佳若有所思在那兒發呆，就問說：「怎麼了沈姐，你在想什麼啊，你不會以爲我跟林珊珊之間有什麼吧？拜託，她來我這裏，完全是大小姐閒得沒事無聊的，跟我可沒什麼關係啊！」

沈佳被傅華的話從沉思中驚醒過來，她笑了笑說：「放心，你是什麼人我還不知道嗎，我不會把你跟林珊珊扯到一起去的。」

沈佳心裏暗道：傅華啊，我可沒把你跟林珊珊想到一起，我想的是我的丈夫孫守義啊！可是這些事情我是不能跟你說的。

傅華聽了說：「那我就放心了。走吧，我們先下去吃飯。」

沈佳說：「行，我也有點餓了。」

兩人就到樓下餐廳去，隨便叫了幾個菜。

傅華看了看沈佳，說：「沈姐，你還沒說你怎麼過來了呢，不會是又來問我孫副市長在海川的情況吧？」

沈佳笑著點了點頭，說：「傅華，我還真是爲了守義來的。你可千萬別嫌我煩啊，主要是守義每次打電話回來，都說他在海川的工作很順利，沒什麼問題。」

傅華奇怪地說：「孫副市長說沒問題，這還不好嗎？」

沈佳說：「可是不應該沒什麼問題的，他面對的是一個全新的環境，一去就遇到了那個叫什麼孟森的人跟他搗亂，怎麼會工作很順利呢？他這種報喜不報憂的做法反而讓我很擔心，是不是他在那邊有什麼麻煩了？」

傅華不好戳破孫守義的謊言，便說道：「沈姐，孫副市長最近工作確實做得很順利。」

沈佳看了看傅華，懷疑地說：「真的嗎？我總覺得事情不會這麼順利的。」

# 第十一章

# 夢中情人

傅華說：「你的意思是說，跟孫守義有曖昧的女人就是林珊珊？」

鄭莉點點頭，說：「你想想，林珊珊哪一點不可能做孫守義的情人？年輕，漂亮，熱情洋溢，又沒有男朋友，這些不都符合一個男人夢中情人的條件嗎？」

傅華看沈佳半信半疑的樣子，便笑著說：

「當然囉，我剛才還跟孫副市長通過電話呢。你不知道，他已經要求公安局長對孟森進行懲處，結果把公安局長給逼得裝病住院了。雖然懲處孟森的事還沒做成，不過孫副市長的威信已經在海川樹立起來了。」

沈佳愣了一下，笑說：「你們的公安局長怎麼這麼慫啊，竟然被逼到住院了？」

傅華笑笑說：「他兩邊都惹不起，只好裝病避開了。」

沈佳又說：「那孟森的事情怎麼辦呢？」

傅華心說：這個女人還真是不好糊弄，孫守義娶了這樣一個老婆也是夠嗆，什麼事情都要管到底，一般男人可不會太喜歡這樣的女人的。

傅華笑笑說：「雖然還沒徹底解決，可是孫副市長也算是有了一個好的開頭，孟森經過這一次，一定會在孫副市長面前收斂些的。沈姐，孟森這個人在海川根基深厚，要想徹底剷除他，不是一天兩天就可以辦到的，你是不是可以給孫副市長一點處理的時間啊？」

沈佳對傅華的話有些敏感，她說：「傅華，你是不是覺得我把守義逼得太緊了？」

傅華含蓄地說：「也不是，我只是陳述一個事實，孟森的事確實不是一件很好辦的事情，要想徹底處理，確實需要時間。」

沈佳點點頭，說：「你說的也有道理，可能是我在家裏閒著沒事，想得太多了一點吧。」

傅華笑說：「我看是孫副市長去了海川，沈姐想他了吧？」

沈佳點了點頭，說：「可能是吧，我現在有時在想，讓守義跑那麼遠究竟是對是錯啊？」

傅華說：「這有什麼對錯啊？是你想要的就是對的。」

沈佳感慨地說：「可是我現在覺得這可能並不是我真的想要的。傅華，你知道嗎，有時候看你們夫妻卿卿我我的樣子，我心裏真是羨慕，這個時候我就會想，如果沒有讓守義跑那麼遠，是不是我們也能像你們一樣快樂？」

看來再強勢的女人也有她軟弱的一面，傅華心中暗自搖了搖頭，做什麼或者不做什麼，都是一個人的選擇；選擇了功名，可能就要在家庭溫情方面受損失，魚和熊掌是無法兼得的。

就沈佳和孫守義這對夫妻而言，孫守義去海川做常務副市長，也許更多是沈佳的主意，沈佳現在這樣，多少也有些自作自受的意味。

傅華安慰說：「沈姐說笑了，我和小莉有什麼好羨慕的，這是我沒出息，才會老是守在老婆身邊。」

沈佳不認同地說：「話不能這麼說，有時候想一想，人生短短幾十年，那麼拼命幹什麼啊？可能剛拼到手，就到了放手的時候了。還不如夫妻倆守在一起，還能多過些舒心的日子。」

傅華笑了笑說：「沈姐，發生了什麼事，你怎麼突然變得這麼悲觀啊？」

沈佳被傅華這麼一說，也覺得今天自己真的是有些反常了，也許是被林珊珊身上的那個香水味道鬧的吧。

林珊珊的香水味在她腦海裏一直揮之不去，老是不停的冒出來，讓她無法釋懷。她看了看傅華，說：「傅華，你感覺我是個什麼樣的人呢？」

傅華說：「我覺得沈姐你是個做什麼事情都很有主見的人。」

沈佳說：「那是我家裏環境自小對我的薰陶，我父親是一個雷厲風行、做事很果斷的人，我從小看他處理事情，不知不覺也就染上了他做事的習氣。有時候我看到別的女人小鳥依人的靠在丈夫身邊撒嬌，就會覺得自己根本不像一個女人。可是我的個性就是這個樣子，想改也改不了。傅華，你跟我說實話，你從一個男人的角度來看我，你覺得我這個女人可愛嗎？如果我們有機會走到一起的話，你會娶我嗎？」

傅華被問得有些尷尬，沈佳是很有氣質和風度，但是男人選擇老婆，要求更多的是女人的樣貌和體貼溫柔。家庭是男人的避風港，男人會希望自己得到女人的溫柔體貼，讓身心很好的休息，而不是被女人管東管西，被女人指揮著奮鬥他的事業。

從這個角度上講，傅華一點都不覺得沈佳可愛。沈佳的個性根本就讓他感受不到女人的柔情，如果他娶了沈佳這種女人，他的家庭生活只能是外面社會的延續，而非可以遮擋壓力的港灣。

傅華不知道該怎麼回答沈佳的問話，如果說可愛，那明顯就是說謊；可如果說不可愛，那又讓沈佳很沒面子。他左右爲難了。

沈佳看傅華爲難的樣子，諒解地說：「好了，你不用回答我了，你的表情已經告訴我答案了。」

傅華突然明白爲什麼沈佳會一直那麼關心孫守義工作上的事情了。孫守義和沈佳這對夫妻明顯就是政治夫妻，孫守義長得那麼帥，如果不是衝著沈佳的家族背景，根本就不會娶沈佳的。

所以沈佳這麼關注孫守義的工作，其實是她維持跟孫守義關係的唯一辦法，她給不了孫守義柔情，就只能在工作上儘量給予孫守義幫助，這樣子，孫守義起碼可以感受到她的作用。利益就是他們之間的共同語言。

原本傅華覺得在這對夫妻之間，累的應該是孫守義，這時候他才感覺到，沈佳可能才是更累的那一個。

傅華覺得自己的態度可能讓沈佳的自尊心受到了傷害，便笑笑說：「不好意思啊，沈姐，你還是有你可愛的地方，我是俗人，可能對表面上的東西追求的更多一點吧。」

沈佳笑笑說：「你別解釋了，傅華，這不怪你，男人大概都是這麼想的吧。」

傅華反駁說：「男人也不都是這樣啊，沈姐，孫副市長就是例外啊，我看你們夫妻感情挺好的。」

「對啊，守義是對我挺好的。」沈佳不置可否地說。

這時菜陸續送了上來，傅華便說：「我們吃飯吧，沈姐。」

兩人開始吃起飯來，沈佳也不再問起孫守義工作上的事情，她把話題轉到了林珊珊身上。

「傅華，這個林珊珊經常會來找你嗎？」

沈佳問起林珊珊，傅華並不覺得有什麼不對勁，他想沈佳只是把林珊珊拿出來作爲閒聊的一個話題而已。

傅華說：「是啊，她經常過來，我這裏快成了她的休息站了，她只要經過這裏就會上來一趟。」

沈佳曖昧的說：「林大小姐是不是在暗戀你啊？」

沈佳心中希望傅華說是，這樣她心裏也許就會好過一點。因爲如果林珊珊喜歡的是傅華，那她跟孫守義之間就不會有那種關係，她就可以排除孫守義跟林珊珊之間有什麼的這種懷疑了。

但是沈佳馬上就失望了。

傅華說：「這個林大小姐才不是喜歡我呢，她只是把我當做一個好朋友而已。」

沈佳好奇地問：「那她每次來找你，都跟你聊些什麼啊？有特別聊到海川的某些人或事嗎？」

沈佳忍不住試探著想要在傅華這裏尋找林珊珊跟孫守義之間可能存在著的蛛絲馬跡，她認爲林珊珊經常跑來駐京辦如果只是關心海川的某些人，特別是某個特定的人，那她肯定是跟這個人有關聯的。

但是沈佳同樣失望了，傅華笑了笑說：

「沈姐，你這麼問就是你還不瞭解這個林大小姐，她是什麼人啊，中天集團的女公子，成天遊手好閒慣了，怎麼會去關心海川的什麼人或者事呢？她根本就不關心中天集團的業務，不說別的，中天集團現在想要跟海川一家地產公司合作在海川發展項目，她來這麼多趟，從來都沒問過與項目相關的事。」

沈佳不禁說道：「那她跑來幹啥啊？總不會是光跟你聊天吧？」

傅華笑笑說：「她每次來，總是有話就聊一下，沒話可能就閒坐一會兒，悶了就自己離開了，所以我覺得她來我這並沒有什麼目的，純粹是因爲無聊來打發時間的。」

傅華說來說去，並沒有說到任何孫守義與林珊珊之間有什麼聯繫的事情。沈佳沒有找到想要的答案。

但儘管是這樣，沈佳心中卻並沒有打消對兩人的懷疑，相反，她的疑竇更深了。

如果兩個人私下一點聯繫都沒有的話，林珊珊身上的香水味又怎麼會跑到孫守義身上去呢？這兩個人一定是有什麼的，之所以現在抓不出什麼馬腳，可能是因為這兩個人掩飾工作做得太好了的緣故吧。

不對，這裏面也不是一點疑點都沒有，林珊珊既然對海川不感興趣，為什麼會跟著她父親千里迢迢跑到海川去呢？

聽傅華的語氣，這個林大小姐並不關心中天集團的項目，那她就沒有理由去海川。除非那邊有林大小姐感興趣的人，她想跟這個人見面。

如果是這樣子的話，那她跟這個人認識的時間可能就要往前提了，很可能他們在北京就認識的。

沈佳的心開始糾緊了。也許這個人並不是她的丈夫孫守義呢？她心存僥倖地想著。

可是順著目前的思路推理下去的話，除了孫守義，沈佳想不出林珊珊去海川要見的第二個人選來，因為從海川的這些人當中，只有孫守義和傅華是在中天集團還沒去考察之前就在北京的，也只有孫守義是從北京去了海川的。如果林珊珊千里迢迢跑去海川真是為了見某人的話，那這個人就一定是孫守義了。

想到這裏，沈佳的臉色一片慘白，她突然有種不寒而慄的感覺，因爲根據她推理的思路，孫守義可能很早就跟林珊珊有了曖昧關係了，至少在孫守義去海川任職之前就開始了，而自己還一直被蒙在鼓裏。

這太可怕了吧，她不知道孫守義到底還有多少事是瞞著自己的，想到孫守義在自己面前總是一副好丈夫的樣子，沈佳突然有一種想吐的感覺。

傅華察覺到沈佳臉色突然變得很差，不免有些詫異，自己跟她談林珊珊談得好好的，她爲什麼會突然變成這個樣子呢？

傅華關切的問道：「沈姐，你沒什麼事吧？你的臉色怎麼突然變得這麼差啊？是不是病了？」

沈佳現在是有苦說不出，她想維護孫守義，因此她懷疑林珊珊跟孫守義偷情的事是不能在傅華面前說的，不然讓下屬知道了孫守義的秘密，他將來在傅華面前就沒有威信了。

沈佳強笑了一下，說：「沒事，我只是頭突然有點暈，傅華，我先回去了。」

傅華擔心地說：「沈姐，你這樣一個人回去可以嗎？你等我一下，我開車送你吧。」

沈佳確實有支持不住的感覺，也就不跟傅華客氣。傅華陪她走出了海川大廈，開車把她送回了家。

一路上沈佳都沒說話，臉色一直陰沉著，傅華也不知道她在想什麼。

到了沈佳住的地方，沈佳這時候心情已經平復了許多，臉上也恢復了血色，便笑笑說：「我沒事了，傅華，你不用送我上去了，謝謝你送我回來。」

傅華看了看沈佳，說：「沈姐，你真的沒事了嗎？要不要我把你的情形跟孫副市長彙報一下？」

沈佳這時候最不想聽到的就是「孫守義」三個字，她強笑了一下，說：「不需要了，我真的沒事了，你不需要跟他說什麼。好了，你趕緊回去工作吧。」

傅華看沈佳的神情確實恢復到跟平常差不多了，這才調轉車頭回了駐京辦。

晚上，傅華回到家裏，鄭莉也剛到家，傅華便說：「小莉，我們今晚吃什麼啊？」

鄭莉笑笑說：「這時候要煮飯也晚了點，要不我們出去吃吧。」

兩人就出了門，來到東城區的小吃攤隨意吃著。

這一餐吃得很便宜，卻吃得很香，兩人都有些吃撐了的感覺，就找了家茶館坐下來喝茶消食。

傅華深情地看著鄭莉，說：「小莉，我覺得像我們這樣氣味相投的人能夠生活在一起，才是真的幸福啊。」

鄭莉笑了起來，說：「怎麼了，你今天怎麼突然這麼有感觸啊？」

傅華笑笑說：「今天沈姐中午來駐京辦，我陪她一起吃了午飯，聊起了孫副市長。言談中，沈姐給我一種感覺，似乎她生活得很累，這讓我很意外，原本我以爲他們夫妻兩個，孫副市長才應該是那個累的人。現在看來，好像也不盡然，沈姐過得也不輕鬆啊。」

鄭莉說：「他們那是爲了利益才在一起的，自然不會輕鬆了。有時候我就會想，沈姐當初是怎麼想的，她應該知道孫守義選擇她肯定不會是因爲感情，這樣她還跟孫守義結婚，這不是閉著眼往坑裏跳嗎？」

傅華說：「也許沈姐覺得時間會讓他們產生感情呢？」

鄭莉笑了起來，說：「感情這東西是時間能培養起來的嗎？我看不行吧，要不然沈姐也不會活得這麼累。」

傅華不解地說：「其實以前沈姐不是這個樣子的，她我的感覺是一個很強勢的女人，強勢到有點令人不舒服的程度。今天不知道怎麼了，她突然變得多愁善感起來，我感覺她怪怪的。小莉，不知道是不是發生什麼事，讓沈姐受了很重的打擊？」

鄭莉說：「不會吧，沈姐給我的感覺也是很強勢的，我覺得她那種女人是打不倒的。」

傅華不以爲然地說：「怎麼不會，你今天不在現場沒看到，沈姐吃到最後的時候，臉色不知道爲什麼變得極差，我以爲她病了，問她，她卻推說是頭暈，連飯也沒吃完就回去了。」

鄭莉詫異地說：「也許她真的是病了，孫守義不在北京，沈姐一個人帶著孩子也不容易，如果是病了，也沒個人能照顧她。老公，你這人就是粗心，沈姐這個情況你怎麼不早跟我說啊？早說我們可以一起去看看她的。」

傅華一聽也開始擔心起來，傅華看了看鄭莉，說：「那現在怎麼辦？也不知道沈姐情形如何？要不小莉，你打個電話過去問問看？」

鄭莉就拿出手機撥了沈佳的電話，沈佳接通了，說：「小莉，這個時候找我有事嗎？」

沈佳語氣很正常，讓鄭莉多少放了點心，笑笑說：「沒什麼事，沈姐，我跟傅華正在喝茶，說起你來了，就想你反正在家沒什麼事，要不要出來一起聊一下啊？」

沈佳笑說：「小莉，還是你們兩口子過得滋潤，真是讓人羨慕啊。」

鄭莉聽出沈佳語氣中有些感觸，她不想刺激沈佳，就說：「也不是，我們倆今天正好都有時間，平常也很難這個樣子的。沈姐，你出來吧，出來放鬆一下心情。」

沈佳笑笑說：「不行啊，家裏還有兒子，我要看著他做作業的。好了，好好享受你們的二人世界吧，我就不去當這個電燈泡了。」

鄭莉還想說服沈佳，說：「沈姐，你別老把自己困在家裏，要不你把兒子帶來……」

沈佳打斷了鄭莉的話：「小莉，我知道你打這個電話是爲了什麼，你和傅華放心，我現在挺好的，至於喝茶，還是等改天找個週末，我再請你們一起，好不好？」

沈佳點破了鄭莉請她喝茶的真正原因，鄭莉就不好再堅持邀沈佳出來了，她知道沈佳是很要強的人，這種人是不會把自己的傷口隨便給別人看的；再說沈佳現在說話的語調顯示她已經恢復了正常，看來似乎不會有什麼問題發生。

鄭莉便笑笑說：「那行，沈姐，既然你出不來，我們改日再約吧。」

沈佳掛了電話。鄭莉看了一旁的傅華，說：「沈姐不出來。」

傅華問：「你聽出她現在是不是沒事了？」

鄭莉說：「沈姐說話中氣十足，跟平常的她並沒有差別啊。」

傅華鬆了口氣，說：「那就好，那就說明她中午的異常不是因爲病了。」

鄭莉看看傅華，猜想道：「你是不是跟沈姐說了什麼不該說的話了？我想沈姐如果心情不好，不太可能過去找你吃飯的，她去你那兒，說明她原來心情應該不錯，爲什麼跑去你那裏後，心情就會大變了呢？一定是你說話不注意，說了什麼孫守義不該讓沈姐知道的事情。」

傅華摸了摸頭，困惑地說：「我沒有說什麼不該說的話啊？沈姐來，問我孫守義在海川工作開展的如何，我爲了不讓她擔心，還跟她說孫守義現在已經慢慢打開了局面，我想她聽了這種話只會開心，不會有什麼異常的。」

鄭莉說：「這些話當然是沒問題，你就沒說過別的嗎？」

傅華想了想說：「別的話都是在閒聊，是些無關緊要的事，就更不會影響到沈姐的心情了。」

鄭莉搖搖頭說：「你怎麼知道閒聊的事就一定不會影響沈姐的心情？你們這些男人啊，有時候根本就不知道女人在想什麼，也許你說的話正好刺中了沈姐心中的痛楚了呢？」

傅華聽了說：「要是這麼說的話，還真是有一點我可能冒犯了沈姐，不過，她也不至於那麼異常啊。」

「你究竟做了什麼啊？」鄭莉問。

「沈姐問我從一個男人的角度上看，她這個女人是不是可愛的？」傅華說。

「你是怎麼回答的？」

傅華說：「我當時很爲難，說實話吧很傷人，不說實話又顯得很假。所以最後我沒有回答這個問題。」

鄭莉恍然大悟說：「那不用說了，一定是你這個舉動讓沈姐傷心了，你不回答比回答了更傷人，這等於是告訴沈姐，她不可愛是不言而喻的。」

傅華叫屈說：「那你讓我怎麼回答啊？沈姐的外貌，放在任何一個正常男人的眼中都無法說可愛的。我總不能睜眼說瞎話，欺騙她吧？」

鄭莉用手點了一下傅華的額頭，說：「你真是笨啊，你就不能爲了讓她高興，說幾句話哄哄她嗎？實話有時候是很傷人的。現在好了吧，你把沈姐給氣成了那樣，你高興了吧？」

傅華想了想說：「小莉，我覺得你想的不對，當時沈姐雖然有些不高興，但還沒有表現得太異常，再說，我的看法又不是孫守義的看法，她沒有理由那麼生氣啊？我覺得這裏面一定有別的原因。」

鄭莉奇怪地說：「那還能有什麼別的原因啊？」

傅華猜測說：「我嚴重懷疑，沈姐突然這麼不自信起來，一定是跟孫守義有關，而孫守義能讓沈姐沒有自信的事，應該只有一個，那就是女人！沈姐一定是發覺孫守義在外面有女人了。」

鄭莉聽了說：「對啊，你這個思路是正確的，女人缺乏自信往往都是因爲她的丈夫，尤其丈夫有了外遇這種事情。那她有沒有在你面前特別提起過什麼女人？或者問起孫守義某件特別的事情啊？」

傅華眉頭皺了起來，他在腦海裏把自己跟沈佳打交道的前前後後想了一下，沒發現什麼異常的狀況啊，便搖搖頭說：「沒有啊，她在我面前沒特別提過什麼女人啊，除了……」

「除了什麼？」鄭莉問。

傅華說：「我印象中，沈姐在我面前只提過一個女人，那就是林珊珊，沒有什麼其他的女人了。」

鄭莉笑了起來，說：「林珊珊?!林珊珊可是中天集團的千金小姐耶，她怎麼會跟孫守義走到一起去呢?這絕對不可能的。」

傅華聳聳肩說：「那就沒別的女人了。」

鄭莉有些困惑了，說：「這就怪了，看沈姐的情形和說話的口氣，絕對是與什麼女人有關，可是這個女人會是誰呢？」

傅華也沒個頭緒，他苦笑了一下說：「這方面你絕對要佩服沈姐，只有她才有這種城府，被人傷害到這種程度，還能做到一點痕跡都不露。」

鄭莉搖了搖頭，說：「推理小說裏，名偵探找凶手時，如果排除了所有的可能，那剩下的即使再不可能，也很可能是唯一的真相。」

傅華說：「你的意思是說，也許沈姐懷疑跟孫守義有曖昧的女人就是林珊珊，對吧？」

鄭莉點點頭，說：「除了林珊珊中天集團千金的身分之外，你想想，林珊珊哪一點不可能做孫守義的情人？年輕，漂亮，熱情洋溢，又沒有男朋友，這些不都符合一個男人夢中情人的條件嗎？」

原本鄭莉認爲林珊珊絕不可能是孫守義的情人，但越推理下去，就越覺得可能性很大。

傅華說：「我還是覺得不太可能，如果像你說的這個樣子，那你告訴我，林珊珊這麼做的目的是什麼？」

鄭莉說：「也許她就是爲了好玩呢？你也知道林珊珊的爲人，喜歡熱鬧，沒有責任感，這種個性的人，如果遇到了一個她喜歡的男人，你說她會因爲自己是中天集團的千金或者對方是有婦之夫，就不敢跟對方發生什麼嗎？」

傅華思考了起來，鄭莉這麼說倒是很瞭解林珊珊的性格，林珊珊是個很隨性的女孩，不過她雖然任性，卻從來不在別人面前端什麼千金小姐的架子，從這一點上看，如果她真的喜歡上孫守義，是不會因爲什麼千金小姐的身分而卻步的，反而越是世人禁忌的事她越感到刺激。

傅華皺眉說：「可是在我面前，林珊珊從來對孫守義都是不假辭色的，如果說他們之間有曖昧，我一時還真是沒辦法相信。」

鄭莉笑笑說：「越是有曖昧的人，越是會在人前裝作不假辭色，甚至表現出反感的態度，原因很簡單，就是爲了不讓別人引起懷疑，發現他們的私情。」

傅華說：「雖然你說的很有道理，但我還是不太相信他們之間有一腿。好了，我的女神探，雖然你的論點很有道理，可都是一些憑空的推斷，並沒有任何證據支持。你的推斷就到此爲止吧，這是一個很敏感的問題，也是人家的家務事，你千萬不要在沈姐、林珊珊或者孫守義面前提起這件事情來，知道嗎？」

這件事情牽涉到了三個人的隱私，特別是還關係到頂頭上司孫守義，傅華知道自己是不能隨便攙和什麼的。穆廣跟關蓮的事，已經給了他足夠的教訓，他可不想重蹈覆轍。

鄭莉笑說：「我知道分寸的。好了，不說他們了，老公，我看傅昭現在跟你已經慢慢親近了，這個週末，我們把他接回家住一晚吧，讓你們父子多培養一下感情。」

自從趙婷帶兒子回北京之後，傅華和鄭莉週末就經常會去趙凱家陪傅昭玩。也許是父子天性，小孩子已經跟傅華玩得很好。

雖然是這樣，傅華卻不想現在就跟兒子建立起更親密的聯繫，他弄不明白趙婷現在心中是怎麼想的，他怕那樣做也許會讓趙婷有別的想法。

再說，他跟趙婷之間的分寸很難拿捏，稍有不慎，就可能惹惱趙婷，趙婷的個性向來我行我素，他不想因爲自己過於急進，破壞了這種暫時的平衡，於是說：

「還是不用這麼急吧，等大家都適應一下再說吧。」

鄭莉說：「你在擔心什麼啊？我也很喜歡傅昭，接他過來住我很樂意的。」

傅華笑笑說：「小莉，你我不擔心，我擔心的是別人。」

鄭莉說：「你在擔心趙婷啊，我看她也沒事了吧？John已經在通匯集團上班，他們夫妻算是正式在北京安居落戶了，應該沒別的什麼想法了吧？」

傅華頗有感觸地說：「小莉，我有時候也挺佩服這個John的，他怎麼就這麼聽趙婷的話呢？趙婷說要回來，他就立馬跟著回來，難道他就一點男人的脾氣都沒有嗎？」

鄭莉笑笑說：「如果你真的深愛一個女人，你是不是會爲了那個女人犧牲一切呢，包括你的自尊？」

傅華想了想，搖搖頭說：「小莉，我認真地想了想，我還是做不到。這話聽到你耳朵裏，你會不會很失望啊？」

鄭莉笑了起來，說：「我不會失望的，你跟John不同，如果你跟John一樣，我還不一定會喜歡你呢。我說這些，是說John現在這種做法，可能是跟趙婷在一起的唯一方法了，他是用他的順從把趙婷困住了，讓趙婷說不出什麼來，也就只好跟他在一起了。」

傅華笑說：「也許對付趙婷這樣不定性的人，這是最好的辦法了吧。」

## 第十二章

# 下馬威

孟副省長火了：「胡鬧，這就是你說的低調做人嗎？」

孟森尷尬的說：「我當時只是想給孫守義一個下馬威，就沒考慮太多。」

「你算什麼東西啊，你憑什麼給人家下馬威啊？」孟副省長忍不住指著孟森的鼻子罵道。

第二天一早，海川。

孫守義到辦公室的時候，看看金達已經來了，就去敲了門，他要見金達。

他知道金達已經識破了他玩的小花招，對他有了意見。雖然尚未在他面前發作出來，不過孫守義覺得他不能裝做不知道，把這件事情給回避過去。

很多時候，兩個人之間原本只有一點小的誤會，如果能即時把話說開，這些誤會就會很輕易的打開，不會對兩人的關係造成太大的破壞，甚至可能讓兩人的關係更好。

但是如果把誤會放在心裏，以爲回避就能把問題解決，那可就大錯特錯了。誤會就像種子一樣，你把它壓在心底，它就會發芽成長，最終可能造成兩人關係的徹底破裂。

孫守義覺得金達現在對他的不滿還只是一枚種子的階段，他一定要扼殺它繼續成長。畢竟他在海川後面很多事情還需要跟金達配合，他不想把兩人關係鬧僵，因此就算向金達低低頭，他也願意。

金達看到推門進來的孫守義，愣了一下，他想起了昨天在傅華面前說的那些話，都是指責傅華跟孫守義串通起來欺騙他的。

當時他說這些話理直氣壯，可是不知道怎麼了，他現在見到孫守義反而有些不太好意思。也許他擔心傅華會把他說的那些話轉述給孫守義聽吧。

孫守義看到金達臉上閃過一絲尷尬，心中暗自好笑，心說搞鬼的是我，你怎麼還不好意思了呢。

孫守義便笑笑說：「金市長，您昨天去看麥局長，情形怎麼樣？」

金達看了一眼孫守義，他不明白孫守義這是在裝糊塗，還是傅華真的沒把自己說的話轉述給他，金達不好有什麼態度，便說：

「老孫，我看了麥局長的病情，似乎他的身體狀況也沒你說的那麼差吧？」

孫守義對金達會這麼說，心裏早就有了準備，他故意做出一副尷尬的樣子，苦笑說：「金市長，您看出來了？」

金達覺得還是把話說開了比較好，就笑笑說：「是啊，我問了醫院的院長，他說麥局長的病只是早期，並不太嚴重，至於請北京的專家，據說也是你的建議。老孫，這是怎麼回事啊？」

孫守義不好意思說：「這都是我故意做的，目的就只有一個，就是想誇大麥局長的病情，好讓市裏覺得需要更換掉麥局長。可能金市長會覺得我這麼做有點卑鄙，不過我這可是在給麥局長一個體面的臺階下，我覺得對他來說，反而是一個不錯的選擇。」

孫守義一開始的直言不諱，讓金達有些不太好責備他，但現在孫守義竟然說這麼做是爲了麥局長好，這讓金達覺得十分荒謬，覺得孫守義這是不肯認錯還要狡辯，心中不免有些氣憤。

金達說：「老孫，你說這是爲了麥局長好，這我可無法苟同，我看不出這哪裏是爲麥局長好了。」

孫守義說：「這件事，我承認我做的是有點急了，也沒跟市長您事先商量一下，但是我確實覺得這樣對麥局長只有好處而沒有壞處。這裏面的道理，您聽我講給您聽，聽完之後您再來評斷我是否講得有道理。」

金達點點頭說：「好吧，你說，我洗耳恭聽。」

孫守義說：「我想孟森已經成爲海川的一大禍害，而且漸有尾大不掉之勢，這金市長您承認吧？」

金達點了點頭：「這一點我贊同。」

孫守義說：「而孟森之所以能在海川坐大，不但有省裏孟副省長的支持，海川一些部門的不作爲，也是重要原因之一，這一點，不知道金市長您贊不贊同？」

金達說：「這一點我也是贊同的。」

孫守義接著說道：「而公安部門之所以不作爲，主要是因爲麥局長這個人的軟弱無能，我把幾封舉報信帶去公安部門讓他們查辦孟森，本來是很容易的事情，卻弄得麥局長裝病住院，他的軟弱昭然若揭，這一點我們討論過，我覺得我們是達成共識的。」

金達說：「這一點我們確實達成共識了，我也認爲麥局長是很軟弱，但也不能因爲這樣就拿掉他的局長職務。你要知道，他熬到局長職務是多麼不容易，你這樣輕易就想把他搞掉，他怎麼能接受啊？」

孫守義說：「金市長，我知道您這是爲了麥局長考慮，可是您有沒有爲海川整體的大局考慮考慮啊？您要把孟森縱容到什麼程度才肯出手呢？我帶去的那幾封舉報信不知道你看沒看到過，那裏面寫的內容令人觸目驚心，您難道是想等出了大問題才肯出手嗎？我敢說那些事情即使不完全符合事實，起碼也八九不離十，可是現在因爲麥局長的軟弱，讓公安局這個本來應該鋤強扶弱的執法部門見到惡勢力不敢管，也不肯管，這樣子下去，海川市的老百姓會怎麼看我們這些做領導的呢？其實我誇大麥局長的病情，只不過是想順水推舟罷了，你不是裝病想要回避問題嗎？那我索性就讓你病得重一點，你不想管的事情也乾脆不用管了。說實話，我不覺得這麼做有什麼不對，這些占著地方不做事的庸官早點換掉，對海川來說只是好事，不是壞事。」

金達不得不承認，孫守義說的這些很冠冕堂皇，也有一定的道理。

孫守義看出金達對自己已經不是那麼反感了，就笑了笑接著說道：

「至於我爲什麼說這對麥局長只有好處，沒有壞處，是因爲我覺得麥局長之所以這麼害怕孟森，這麼縱容孟森，很可能是私下跟孟森有什麼勾結，如果再讓他留在公安局長這個位置上，他可能會越陷越深，如果能在這個時候讓麥局長全身而退，對他未嘗不是一件好事。退一步說，就算麥局長沒跟孟森有什麼勾結，我們海川市跟孟森之間必然會有一場惡鬥，到那時候，麥局長這樣的人遲早還是要被拿開的。」

金達搖搖頭說：「老孫，你說的這些都很有道理，可是我們是政府官員，這些上不了臺面的小伎倆，不應該是我們這些人玩的把戲。再說，麥局長在海川政壇也經營多年，他不會這麼輕易被你拿掉的。你這樣做，不但解決不了問題，反而會把問題弄得更加複雜，你把本來還在中立立場的麥局長推到了孟森那邊，這會讓我們解決孟森變得更加困難。」

孫守義心中鬆了口氣，金達的語氣已經沒有一開始的氣憤了，雖然金達不贊同他的做法，卻在心裏原諒了他。

孫守義有點愧疚的說：「金市長，這麼說起來，都是我不好，我把事情辦急了。原本我以為您不想做這個壞人，就讓我來做好了，麥局長要埋怨也只能埋怨我，事情還是可以得到解決。可叫您這麼一分析，我才明白我把事情想得太簡單了。」

金達看孫守義有向他認錯的意思，心中舒服了很多，他對孫守義的不滿都消失不見了，便說：「老孫，你的心情我可以理解，但是有些事情需要慢慢去做，我不是不想做這個壞人，如果做這個壞人有助於事情的解決，我肯定會去做的，我這個人並不怕事的。」

這就是君子可以欺之以方的地方，金達並沒有把孫守義往太壞的地方去想，因此孫守義只要做出合理的解釋，他心中就傾向於接受這種解釋，根本就不知道孫守義實際上是在知道了他不滿的前提下，事先早就想好了說辭來應付他的。

孫守義走出金達辦公室時，一身輕鬆，金達這邊輕易的就讓他蒙混過關，讓他不但去掉了一件心事，而且也找到了對付金達的訣竅，在金達面前，任何事只要從正義的角度解釋得通，就能通過金達這一關了。

跟金達化解誤會之後，孫守義也就不再去管麥局長的病情了。

醫院很快就爲麥局長請了專家來，沒有了孫守義的干擾，專家們很快就診斷出麥局長的病並不嚴重，麥局長經過一段短時間的治療之後，就出院恢復上班了。

麥局長上班後，沒有人再提過孫守義那天帶去的幾封舉報信的事，就連孫守義也沒有再詢問過這幾封信的後續情形，這件事情似乎就這樣子平息了下去。

這一仗，孫守義算是雖敗猶榮。

要不是金達最後出面，麥局長的局長寶座可能就不保了；而要不是因爲麥局長的軟弱，孟森的夜總會也可能會被查處。由此可見孫守義出手的狠辣、精準。

經此一役，孫守義在海川的威信一下子就樹立了起來，很多官員見到孫守義都很恭敬，孫守義做的指示，沒有人敢不認真去執行。

不經意間，海川的政治風向就有了很大的變化，孫守義也算是在海川初步站穩了腳跟。

有一個人對這個局面的形成，心裏是很不舒服的，他沒有想到局面會朝著有利於孫守義的方向發展，這可不是他樂於看到的，他原本根本就不想讓孫守義在海川立穩腳跟，甚至要把孫守義擠出海川的。

這個人就是孟森，他恨不得馬上就把孫守義從海川趕出去。

一開始孟森並沒有把孫守義當回事，那一晚孟森去孫守義桌上敬酒，其實並沒有想要對孫守義做什麼，甚至也沒有去示威的意思。那一晚孟森只不過是在席間聽說海川市新來的常務副市長在同一間酒店宴客，他自覺自己在海川還算是個有頭有臉的人物，就連張琳和金達多少也會給他一點面子，他就覺得應該去結識一下新來的副市長。

按照他的想法，孫守義見到他一定會感覺很榮幸。孫守義來海川已經有幾天了，應該知道他孟森在海川大名鼎鼎，他都上門敬酒了，孫守義還能不感到榮幸嗎？

但是現場的情形讓孟森大大的不高興，孫守義看到他的表情，就像根本不知道海川還有他孟森這一號人物似的，這讓孟森很沒有面子。

特別是酒桌上還有海川市的招商局長王尹和駐京辦主任傅華等一干海川市的人，這越發讓孟森感覺下不來台。

這更讓孟森覺得他這杯酒非敬不可，他不能讓新來的副市長覺得他孟森是任人擺佈的角色，他應該給這個新來的副市長一個下馬威，讓他知道知道他孟森在海川的分量。

爲了爭這口氣，再加上孟森當時確實也喝多了，就失去了控制，於是很堅持的要孫守義喝下那杯酒。

後來又不巧遇到了林珊珊，他又故意難爲了一下林珊珊，他當時並不是想要跟一個小女孩過不去，而是要林珊珊給孫守義傳達一個訊息，那就是海川是他孟森的地盤，他想在這幹什麼都可以。

他欺負林珊珊等於是給孫守義一個明確的警告，警告孫守義老實一點，他孟森並沒有把孫守義這個常務副市長當一回事。惹到了他，他照樣會不客氣的。

孫守義果然像是被嚇到了，他對林珊珊被欺負的事一個屁都沒放，孟森從心裏感到十分得意，一個常務副市長在他面前都得老老實實的，他孟森真是要多威風就有多威風了。

但很快孟森就發現自己錯估了形勢，孫守義不聲不響並不是因爲怕他，而是在背地裏默默地找他的把柄，而在發現他的夜總會存在問題之後，他立即就找到了公安局，讓公安局查處他的夜總會。

於是孟森就去當面警告麥局長，不要站到孫守義那邊去對付他。果然不出他所料，麥局長竟然裝病躲進了醫院，公安局一時群龍無首，沒有人來管他孟森這件事情了。

但是孫守義竟然想借麥局長裝病之機拿掉麥局長，孟森知道這下子自己算是遇到了真正的對頭了。

現在孟森覺得需要重新審視孫守義，孫守義想要把一件僅僅是意氣之爭的小事，上升到了一個非要鬥得你死我活的高度，現在孟森就是想不應戰都不太可能了。

孟森覺得有必要進省裏去見見孟副省長，跟官員鬥，還是借助官員的力量比較好，孟副省長比孫守義大著兩級呢，壓扁了孫守義都是可能的。

孟森就打電話給孟副省長，說自己想要見他，孟副省長倒沒說別的，只說來吧。

孟森趕到齊州的時候，已經是晚上七點了，孟副省長讓他去他在齊州大酒店的專用套房。

孟副省長穿著睡衣，坐在沙發那裏喝著茶。他見到孟森並沒有站起來跟他握手，而是衝著身旁的沙發一努嘴，說：「坐吧。」

坐下來之後，孟森笑笑說：「省長晚上沒什麼應酬啊？」

孟副省長笑笑說：「民政部的一個副部長來東海，中午我負責接待他，這傢伙賊能喝，喝了兩瓶茅臺都沒事，我要陪他，喝的酒有點多，下午就躲在這裏休息了，正好你說要來，我就讓秘書把晚上的活動推掉了。要喝茶自己泡啊。」

孟森笑笑說：「省長的茶肯定是好茶，當然要喝了。」孟森就給自己泡上了茶。

孟副省長說：「小孟，這次上來找我有什麼事情啊？」

孟森說：「是有點事情要來麻煩您，最近我有點勢頭不順，有人故意找我麻煩，所以就想找您訴訴苦。」

孟副省長笑了起來，說：「小孟啊，還有人敢找你麻煩嗎？這可是新鮮事，我們認識的時間也不算短了，還第一次聽你說有人找你麻煩的，我聽到的可都是你們海川那邊的人說你欺負人家的。」

孟森笑了笑說：「這可是他們瞎說，您常教訓我爲人做事要低調，多做好事善事，不要仗勢欺人，這我可沒忘，我又怎麼會去欺負別人呢？」

孟副省長看了看孟森，說：「小孟，你能記住我的話，我很高興，我跟你講，東海這灣水深著呢，你搞不清楚什麼時候就會遇到解決不掉的麻煩。我只是一個副省長而已，你不要覺得有我的支持就可以爲所欲爲了，天外有天，人外有人，你還是低調一些好啊。」

孟森說：「您這些話我都記在心裏的，但這次真的是人家找上門來要欺負我，而且我覺得這人似乎也沒把您放在眼中，也是針對您來的。」

孟副省長笑說：「你這就太誇張了吧，我又沒招誰惹誰，他針對我幹什麼？」

孟森說：「我沒有誇張，這人的行動完全是針對我們興孟集團的，他隨便找了幾份誣告信就敢要海川市公安局查處我們興孟集團，您對興孟集團的支持在東海省基本上是無人不知的，這人要抹黑興孟集團，不就等於是要抹黑您嗎？」

孟副省長看了孟森一眼，說：「小孟啊，這世界上沒有無緣無故的愛，也沒有無緣無故的恨，是不是你在什麼地方惹到了這個人啦？」

孟森一臉的委屈，說：「沒有啊，如果我真的惹到他，我就不會這麼鬱悶了，這傢伙是新從北京來我們海川的，大概想要在海川找家公司開刀立威，就莫名其妙的找上了興孟集團了。」

孟副省長聽了，愣了一下說：「你是說這人是剛從農業部下來的那個常務副市長孫守義？」

孟森說：「對啊，你看我跟這傢伙本來是沒什麼交集的，也沒什麼地方會惹到他，誰知道他一來就對我下死手，要整掉我最賺錢的夜總會，除了是想殺雞儆猴之外，我想不出還有別的原因。」

孟副省長看了孟森一眼，說：「小孟，你跟我說句實話，你真的沒惹過他？」

孟森說：「真的沒有啊，省長，我現在懷疑這傢伙根本就是衝著您來的，他把興孟集團整臭了的話，不就是在說您支持我們興孟集團是一個錯誤嗎？」

孟森故意激起孟副省長對孫守義的敵意，這樣他才會覺得必須出手。

但孟森的如意算盤打空了，孟副省長並沒有上他的當，他笑笑說：

「小孟，你也知道新官上任三把火，孫守義剛接任常務副市長，正是需要在海川樹立威信的時候，在這時候你就應該檢點一些，不要給他機會，讓他把火燒到你身上才對啊。」

孟森沒想到孟副省長竟然是這個態度，不但不怪罪孫守義，反而還認爲是他做得不對，這太令人詫異了，自己被欺負了，孟副省長竟然不幫自己，還幫對手說話，這傢伙搞什麼飛機啊？自己這些年用那麼多財力物力養他，就是想要這傢伙在關鍵時刻能幫到自己，現在他這個樣子，不等於白養他了嗎？

孟森不太高興地說：「省長，我不明白您的意思，您就是不幫我，也犯不著幫他說話啊。」

孟副省長看了看孟森，說：「小孟，你怎麼還不明白啊？你一來我就跟你說，東海省這灣水深著呢，藏龍臥虎，有些人可不是你能惹的，就是我也有不敢惹的人，我這麼說，你聽明白了嗎？」

孟森有點傻眼了，孟副省長這句話說得再明白不過，他是在說孫守義來頭很大，就連孟副省長都不敢惹他。難怪這傢伙出手就不留餘地，原來人家的背景更強大，根本就不怕這個孟副省長啊。

孟森勉強笑了一下，說：「這傢伙到底什麼來頭啊？連您也不敢動他？」

孟副省長說：「我算什麼啊？就連郭奎都不太敢招惹他身後的人，你大概沒打聽過孫守義吧？你知道嗎，人家任職談話都是郭奎親自出馬跟他談的，你可要知道，金市長任職，郭奎都不一定親自出馬的，更別說一個副市長了。這你該知道孫守義的背景有多硬了吧？」

孟森說：「那他也不能拿您不當回事吧？」

孟副省長笑了笑說：

「在你們看來，我也許算得上是很高級別的官員，但是在孫守義身後那些人眼中，我根本就不值一提。跟你透個底吧，孫守義原來是在中組部給一位實權派的副部長做秘書的，他們掌控著我們這些省級官員的命運，你說我敢惹他們嗎？我惹了他們，我這個副省長還幹不幹了？

「你知道嗎？這次孫守義作為交流幹部下來任職，人家根本就是來增加資歷鍍金的。他下來不久，就有上面的領導跟我打過招呼，要我多關照他。我很清楚我實際上關照不了他什麼，既然這樣子，人家為什麼還要跟我打招呼呢？意思很簡單，人家這是給我面子才跟我說客氣話的。跟我打招呼只是希望我不要擋了孫守義的路。」

孟森被孟副省長的話說得臉上青一陣白一陣，後背上的汗都下來了，這次不但是遇到了對頭，還遇到了一個他惹不起的硬骨頭，現在孫守義的架勢是準備咬住自己不放，這可怎麼辦啊？

孟副省長看孟森的臉色那麼差，明白事情對孟森來說可能很棘手，他的臉沉了下來，瞪了孟森一眼，說：「小孟，你別在我面前遮遮掩掩了，你跟我說實話，你究竟是怎麼惹到孫守義了？」

孟副省長也不想看到孟森出什麼事情，這些年來，孟森幫他辦了不少見不得人的事，他也拿了孟森不少的好處，他孟森之間有著千絲萬縷的聯繫，孟森真要倒楣了，他的日子也不會好過的。

孟森原想抵賴說沒有，卻被孟副省長刀子一樣的眼神給逼了回去，只好坦白說：「是這樣子的，有一天晚上我喝多了，就闖到了孫守義的酒宴上敬了他一杯酒，當時我說話沒太注意，對孫守義有些不禮貌。」

孟副省長看了一眼孟森，說：「這應該也沒什麼啊，就算你不禮貌，你當時也是一個醉漢，孫守義如果爲了這個跟你計較，那他的度量也太小了一點吧？」

孟森說：「事情還沒完呢，後來我遇到了孫守義那晚宴請的北京客人，我對她不太客氣，羞辱了她一番。」

孟副省長火了，罵道：「胡鬧，這就是你說的低調做人、多做好事善事嗎？」

孟森尷尬的說：「我當時只是想給孫守義一個下馬威，就沒考慮太多。」

「你算什麼東西啊，你憑什麼給人家下馬威啊？」孟副省長忍不住站了起來，指著孟森的鼻子罵道：「孫守義再不濟也是一個常務副市長，就是我也不敢隨便就對他怎麼樣的，你一個商人就想給他下馬威，你還真拿自己當回事啊！」

孟副省長這麼罵他，孟森心裏很不服氣，心說老子就是再低賤，也是靠自己的真本事賺錢，你能在我眼前這麼耀武揚威的，還不是老子花錢養你的？要不是老子幫你出錢，你這個副省長幹不幹得上還很難說呢。

人哪，就是沒自知之明，一旦登上了權力寶座，就忘了是誰把他們扶上去的了。

但是雖然心裏不服，孟森也不敢把心中的不滿表現出來，起碼他現在還是需要孟副省長的支持，於是低下頭，恭順地說：

「對不起，孟副省長，是我忘記了您的教誨，您千萬別生氣，爲我氣壞身子就不好了。」

孟副省長這才多少平靜了一點，瞅了眼孟森，說：

「小孟，不是我說你，有些事情你不明白，我現在身在官場，成天都是戒懼戒慎的，搞不清楚什麼時候就會被人算計，對你和你的興孟集團，我一直是公開支持的，所以你在下面的一舉一動，別人都會以爲是我在背後指使的，我叫你謹慎，不但是爲了你好，也是爲了我自己啊，你這樣子會影響到我的。你做了什麼事，別人可都把賬算到我頭上了。」

孟森說：「我今後會注意的。」

孟副省長沒好氣的說：「今後會注意？今後會注意有什麼用啊，現在孫守義一定會以爲是我指使你對他那樣的，他背後的那些人還不知道會怎麼看我呢？我真是被你害死了。」

孟森心裏越發有些看不起孟副省長了，這傢伙真是一點擔當都沒有，事情都已經發生了，他再抱怨有什麼用啊？有問題就解決問題嘛，媽的，這傢伙真是一點用都沒有。

孟森乾笑了一下，說：「省長，現在事情已經這個樣子了，您還是看看要怎麼解決吧，我看那個孫守義對我還不想善罷甘休，您看有沒有什麼辦法能讓孫守義放手呢？」

孟副省長看了眼孟森，說：「你想我怎麼辦？」

孟森說：「省長，我覺得那個孫守義就是再牛，他對您也不能一點不放在眼裏吧？您看是不是由您出面跟他解釋一下這件事情啊？就說是誤會一場，我已經知道做錯了，希望他能大人不記小人過，放我一馬好了。」

孟副省長想了想，就算不能讓孫守義放過孟森，起碼可以利用這次談話撇清一下，讓孫守義知道這件事自己並不知情，就點點頭說：「現在也只好這麼做了，希望他能接受這種解釋。」

孟森說：「省長，不管怎麼說，您總是孫守義的領導，如果您出面跟他解釋都不行的話，那這個孫守義也太不識抬舉了。」

孟副省長搖了搖頭，說：「這些北京下來的幹部都是眼高於頂的，你以爲他就一定拿我當回事情啊？」

孟森的臉沉了下來，說：「如果連您的解釋都不行的話，那就是他非要跟我鬥個你死我活了，我孟森也不是吃素的，狗急了還會跳牆呢，他真的把我逼急了，我也不會對他客氣的。」

孟副省長看孟森發狠的樣子，瞪了孟森一眼，說：

「你想幹什麼？我可跟你說，你現在可是興孟集團的董事長，做什麼事都應該有個董事長的樣子，不要再把以前街頭混混那一套再拿出來了，那一套行不通。那樣搞的話後果太嚴重，可不是你我能承受的。」

孟森發狠說：「我也知道行不通，可是如果人家不給我路走，那個時候我只能跟他拼個魚死網破了。」

孟副省長擔心孟森真跟孫守義要什麼無賴的手段，那樣恐怕事情會鬧得無法收拾，最後必然會牽連到他的身上，這可不是他樂見的，便說：

「你這麼橫幹什麼啊，還沒到那份上好不好？你放心，這件事情我會跟孫守義談的，就像你說的那樣，他總得給我這個副省長三分薄面吧？」

孟森說：「希望到時候他能識趣一點。好了，不說這個傢伙了，省長，我那邊來了新貨色，可嫩著呢，沒開過苞，怎麼樣，什麼時間去海川玩一玩？」

原來孟副省長有一個難以啓齒的嗜好，就是特別喜歡玩幼齒的女人。孟森不知道從什麼管道得知了孟副省長這種嗜好，就投其所好，花高價爲孟副省長準備了一個嫩妞，讓孟副省長壓抑了很久的邪念得到釋放，自此，孟副省長不覺就高看了孟森一眼，過一段時間就會跑來孟森的興孟集團看一看，對外說興孟集團是民營企業的典範，他來這裏是爲了扶持民營企業發展的。但實際上，孟副省長每一次來，都是爲了嘗鮮去的。

此刻孟森很希望孟副省長能去海川走一趟，這樣就等於給他壯了聲勢，因此這次去齊州之前，他不惜重本又準備了一個小妞，準備誘惑孟副省長。

但孟副省長可沒這個心思，女人雖然好玩，但危急到他的地位時，再好玩的東西也不好玩了。

孟副省長搖了搖頭，說：「這個時候我哪有什麼心思去玩這個，還是等擺平了孫守義再說吧。」

孟森在心中暗罵孟副省長膽子小，不過孟副省長既然準備出面擺平孫守義，對他來說也算達到目的了，就笑笑說：「那好，我給省長留著，等這段事情平靜下來，你再享用好了。」

孟副省長交代說：「你最近也給我收斂一點，錢可以少賺點，出事可就麻煩了。」

於是孟森當晚沒留在齊州，連夜趕回了海川，現在孫守義正虎視眈眈地盯著他的夜總會呢，他擔心自己不留在家裏看著，出個什麼狀況就不好了。

# 第十三章

# 障眼法

孫守義終於聽懂了，孟副省長繞了一個大圈子，
無非就是跟自己撇清他跟興孟集團之間的關係並不緊密。
但他說的也有道理，確實是像孟副省長所說的這樣，
常常領導看到的並不是真實情況，都是經過美化，用了障眼法的。

過了兩天，孫守義來省裏開會，會議結束時，孟副省長安排秘書把孫守義叫到了他的辦公室。

孫守義一進孟副省長的辦公室，孟副省長就快步迎了過去，伸出手跟孫守義笑著說道：「守義同志，你來東海工作已經有段時間了，怎麼樣，對這邊的環境什麼的，還適應吧？」

孫守義被孟副省長的熱情弄得有些不自在，他說：「我挺適應的，謝謝省長關心。」

孟副省長說：「適應就好，來來，坐。」

孟副省長握著孫守義的手，把他拉到了沙發那裏坐下，又看了看孫守義，笑笑說：「守義同志，趙老給我打過電話，說你從北京下來，不熟悉情況，讓我多照顧你。我知道趙老是跟我客氣了，你是他一手帶出來的人才，東海這邊對你來說肯定是遊刃有餘了。不過我也想找你來談談，大家熟悉一下嘛，卻一直沒趕上機會。今天正好看到你上來開會，就把你叫過來聊聊。」

孫守義客氣地說：「趙老對我太熱心了，老是擔心我出什麼差錯，真是給您添麻煩了。」

孟副省長笑笑說：「守義同志啊，你這話就見外了，什麼麻煩不麻煩的，實話跟你說，我跟趙老也是有淵源的，當初我升任這個副省長，中組部那邊就是趙老跟我談的話，我至今還記得他老人家跟我說的每一句話呢。他能打電話來，說明還記得東海這邊有我這一號人，這是我的榮幸啊。怎麼樣，在海川工作還順利嗎？」

孫守義看孟副省長跟自己一副越說越近乎的樣子，心裏暗自好笑，估計自己擺佈了一下孟森，多少也讓這個孟副省長緊張了一下。

他說：「還順利吧，張琳書記和金達市長對我的工作都很支持。」

孟副省長點了點頭，說：「張同志跟金達同志都是好幹部，有能力不說，跟一起工作的同志還很團結，守義同志，你能跟這兩位搭班子，也是你的幸運啊。」

孫守義笑笑說：「是啊，我跟這兩位領導真是學到了很多。您知道我剛從農業部過來，對地方上的工作還不熟悉，有這兩位領導給我領路，讓我很快就能上手，確實是很幸運。」

孟副省長不禁稱讚說：「守義同志不錯啊，一點都不端中央部委的架子。」

孫守義謙虛地說：「其實也沒什麼架子可拿的，對於地方上的工作，我是一個新兵，學習還來不及呢。」

孟副省長笑笑說：「看來守義同志很瞭解自己的位置，你這個態度絕對幹得好工作的，這很值得我們地方上的同志學習啊。」

孫守義擺了擺手說：「孟副省長太誇獎我了。」

孟副省長說：「我這是實話實說嘛，我聽說你在海川已經雷厲風行的開展了一些工作，對一些不法經營的企業提出了嚴厲批評，也要求相關部門查處他們的違法行爲，很不錯啊。」

孫守義瞄了眼孟副省長，他知道孟副省長說的就是孟森的興孟集團，但他弄不明白孟副省長跟他說這些話的意思，孟副省長在自己面前讚揚自己，不會是要撇清他跟興孟集團的關係吧？還是這傢伙故意正話反說，要警告自己呢？

不管怎麼樣，孫守義心中並不怕孟副省長，他也相信在趙老打過招呼後，孟副省長也能掂量出他的分量，肯定不敢難爲他。否則就等於是跟趙老這些人宣戰了，孟副省長應該沒這個實力，更沒有這個膽量。

孫守義不想跟孟副省長打啞謎下去，他要挑破這層窗戶紙，看看孟副省長葫蘆裏到底賣的是什麼藥，於是笑笑說：「孟副省長，你說的企業大概是指海川的興孟集團吧？」

孟副省長心裏明白孫守義是想將他一軍，這傢伙還真是狂妄啊，以爲有趙老給他撐腰，就可以這麼不客氣跟領導說話啊？

不過，孟副省長在找孫守義談話之前，已經想過了所有可能發生的情形，也想好了要如何應對，他便說：「守義同志啊，你提到興孟集團正好，我正想跟你說一說這家公司。」

孫守義故意說：「看來孟副省長對這家公司很熟悉啊？」

孟副省長點點頭說：「說熟悉也算是熟悉，說不熟也算不熟。可能你到海川之後，有人會跟你說這家公司是我在扶持著的，他們的董事長孟森跟我關係很好，對吧？」

孫守義倒沒想到孟副省長開口就承認他跟孟森的關係，這讓他有點意外，腦子裏有點弄不清孟副省長的路數，就有些措手不及。

他看了看孟副省長，被動地說：「難道這不是事實嗎？」

孟副省長看到孫守義的錯愕表情，心裏暗自好笑，這傢伙還很嫩啊，並不是太難對付。

高手過招，往往在一瞬間就會攻守易位，孫守義這一錯愕，已經先機盡失，主動權就轉到了孟副省長手裏了。

孟副省長輕鬆的說：「說是事實吧，也是事實；說不是事實吧，也不是事實。」

孫守義被孟副省長繞糊塗了，便笑了笑說：「我不明白您這是什麼意思啊？」

孟副省長笑笑說：「是這樣的，我說了你就明白了。你做常務副市長，應該知道現在弄好經濟是政府工作的重中之重，作爲副市長，你有責任扶持轄區內的企業發展。同樣的，我也是一樣，我也需要扶持東海省內的企業發展。於是就有人推薦了孟森這家興孟集團給我。說實話，最初我多少是有點私心的，中國人嘛，我最初跟興孟集團結緣，正是因爲我們都是孟姓宗親，能扶持一下自己的子弟也不錯，興孟集團那時已經發展得有模有樣，於是我就跟孟森這家企業有了連繫。」

孟副省長的話合情合理，不過孫守義更想知道的是，孟副省長怎麼解說他們關係不熟這一方面，便說：「那您怎麼又說跟他們不熟呢？」

孟副省長解釋說：「我爲什麼說跟他們不熟呢，是因爲海川雖然離齊州不遠，可也不近，從齊州到海川，開快車也需要四五個小時，我這個副省長不可能整天盯著看興孟集團究竟在做什麼，他們呈現出來的，都是孟森願意給我看到的情形。守義同志啊，我們都是官場上的人，應該知道很多時候別人給我們看的，可不一定都是真實情況啊。」

孫守義終於聽懂了，孟副省長繞了一個大圈子，無非就是向自己撇清他跟興孟集團之間的關係並不緊密。

但他說的也算有道理，官場上確實是像孟副省長所說的這樣，常常領導看到的並不是真實情況，都是經過美化，用了障眼法的。

孫守義點點頭說：「孟副省長您說的是。」

孟副省長笑笑說：「這是大家都在玩的把戲，不過，這話也就是我們倆私下說說罷了，這種大實話如果傳到領導的耳朵裏，可就不好了。」

孫守義笑笑說：「那是。」

孟副省長看兩人之間氣氛已經調理的很親近，應該可以說一些幫孟森解釋的話了，便把話鋒一轉，說：

「這些大家都是心知肚明的，所以嘛，有些時候我也不想對下面要求的太過嚴格了。守義同志啊，你剛下來，對下面的一些事情還不是很熟悉，慢慢你就會知道，下面的事情是很彈性的，尤其是這些民營企業，很多都是草莽出身，沒什麼文化，都是從一窮二白空手打天下的，你要讓他們按照現代企業的規範去合法經營，可能他們還沒起步就完蛋了，有句話怎麼說來著？水至清則無魚嘛！水太清了，民營企業可能就發展不起來了。所以有些事情你需要理解一下，要發展地方經濟，有些時候就不能管得太多太死，對這些民營企業也不能太求全責備，適當地放鬆，是有利於地方經濟發展的。」

孟副省長婉轉的幫孟森講了好話，不過孫守義卻並不領他的情，並沒有被說服，反而說：「孟副省長，就算適當地放鬆，也不能毫無原則的放任啊？」

孟副省長心中不免暗罵孫守義不識抬舉，自己費盡口舌跟他解釋，已經很給他面子了，他竟然還糾纏著不放，你還真拿自己當碟菜啊，老子給的是趙老的面子，可不是你。

孟副省長耐著性子說：「當然了，我們肯定是不能毫無原則的放任的，如果確實有違法行爲的證據，不用說守義同志你，我也會要求有關部門查處的。不過呢，我們也不能捕風捉影，靠一些沒證據的舉報信就貿然的採取行動，對不對啊？」

孟副省長這麼一說，孫守義就明白他肯定事先跟孟森交流過意見了，因爲孫守義的確拿不出實實在在的證據證明孟森的夜總會存在著違法行爲。

他只好笑笑說：「那是自然。」

孟副省長又說：「那守義同志可有什麼確鑿的證據讓我瞭解一下，如果有的話，你把它交給我，我來出面查處孟森。」

孫守義這時候哪來的證據啊，他只好選擇退卻了，便說：「看來孟副省長對我是有點誤會了，您聽誰說我要查處孟森了？」

孟副省長假裝詫異說：「你沒有嗎？」

孫守義說：「您可能在聽人跟您彙報這件事情時有所誤解了，我是帶了幾封舉報信去海川市公安局，意思就是讓公安局查明舉報信上的內容是否屬實，如果屬實，當然要查處；如果不屬實，公安局也要檢點一下自己的行爲，不要給市民們造成不好的印象。您這時候跟我要證據，我還真是被將了一軍啊。調查是公安部門的職責，我雖然是副市長，可也不能越俎代庖吧？」

孟副省長看出孫守義退縮了，自然願意給孫守義一個臺階下，就笑笑說：「原來是我誤會了。」

孫守義對孟副省長剛才咄咄逼人的跟他要證據，心裏感到很不舒服，就有心想戲弄一下孟副省長，便說：

「我也理解孟副省長您的心情，興孟集團是您樹立起來的典型，肯定不願意看興孟集團出什麼問題，因此只要有人在您面前談到要查處興孟集團，您就緊張了起來，對吧？」

孟副省長說：「還真是這樣子，畢竟我支持這家企業也是付出了不少心血的。」

孫守義笑笑說：「對呀，您肯定是希望興孟集團能夠正當發展，不希望它存在什麼問題的。跟您說實話，我也不希望我們海川本土的企業有什麼問題，在這一點上，我想我跟您的心情是一致的。因此我特別能理解您跟我要證據的這種急迫的心情，您一定是想要還興孟集團一個清白才這麼做的。」

孟副省長看了一眼孫守義，他感覺到孫守義的話味有點不太對。

孫守義接著說道：「我已經讓海川公安部門對那幾封舉報信進行調查了，可是他們的行動很緩慢，遲遲拿不出結論來，很難滿足您急於還興孟集團清白的這種急迫心情，您看是不是這樣子，回頭我把那幾封舉報信呈給您，您給批示一下，讓海川公安局儘快調查，儘快得出結論，省得老是懸而未決，讓興孟集團不能安心的去發展經濟？」

孟副省長有些尷尬了，他沒想到孫守義繞來繞去還是想將他繞進去，如果自己做了這個批示，被孫守義拿著雞毛當令箭，對海川的相關部門說自己拋棄了孟森，海川公安部門還不整死孟森啊？他不由得暗罵孫守義狡猾。

不過他也是政治老手了，這種場面還是知道該怎麼去應付的，就說：「守義同志，我知道我們的立場一致，都急於查明事實真相，不過，這個批示我不能做，在外人眼中，我跟興孟集團有一種特殊的關係，我做這個批示很容易就被有心人解讀爲包庇興孟集團和孟森，這可不利於查明真相啊。我是瓜田李下，希望你能理解我啊。」

孫守義笑笑說：「原來您還有這一層的顧慮啊，那是我考慮欠周了。」

孟副省長說：「我們這些做領導的，有些時候不得不多考慮一些。這件事你就繼續查下去吧，我就不插手了，相信你一定能秉公處理的。」

孫守義說：「這件事我也不會再插手了，反正我已經交代給海川市公安局去處理了，等他們拿出調查結果來，有沒有違法行爲存在，自然有相關的法律來處置，我也不會干預公安部門依法辦事的。」

孫守義這是賣了一個人情給孟副省長，畢竟孟副省長是他的領導，老是硬碰硬下去也不好，何況就算要處置孟森，也需要做很多的佈局，既然這樣，倒不如送個人情給孟副省長算了。他已經表態不會再插手這件事情了，事情後續擺不擺得平，就要看孟森自己的本事了。

孫守義這麼說，在孟副省長聽來十分巧妙，他絲毫沒有對孟副省長和孟森低三下四，最後卻放了孟森一馬，讓大家都有了面子。這傢伙不愧是跟過趙老的，是個人物。

孟副省長便笑笑說：「對，守義同志你說的很對，我們應該相信公安部門，這也是他們的職責範圍，就交給他們去辦吧。」

孫守義說：「對啊，我這個副市長分管的工作一大堆，也沒那麼多精力去管這些事情，還是各司其職的好。」

孟副省長示好說：「回頭我也會警告一下那個孟森，讓他安分守己，合法經營，少喝酒少鬧事，不要給領導找這麼多麻煩。」

孫守義笑了起來，他明白孟副省長這是在暗暗點他，說他搞這麼多事情出來，根本就是爲了孟森那次的酒後鬧事，不過，孟副省長也是在變相的告訴他，會約束孟森，不會讓孟森再來找他的麻煩的。

雙方算是暫時達成了某種默契，兩人又閒扯了幾句，到了吃飯的時間，孟副省長熱情地留孫守義一起吃飯，孫守義推說自己已經有了安排，就跟孟副省長告辭了。

出了孟副省長的辦公室，孫守義心中猶豫，是在齊州吃了飯再走，還是出了齊州再找地方吃飯？卻碰到了省政府秘書長曲煒正走出辦公室。

曲煒看到孫守義，打招呼道：「孫副市長，開完會沒直接趕回去啊？」

孫守義見過幾次曲煒，由於曲煒原來是海川市的市長，又是傅華的老長官，他跟曲煒之間就很自然的感覺很親近，說：「還沒呢，孟副省長找我去他辦公室聊了一會兒。」

曲煒笑了笑說：「聊完了？」

孫守義點點頭說：「聊完了。」

曲煒說：「現在是吃飯時間，你應該沒什麼安排吧？我正想找人一起吃飯呢，我們既然碰到了，一起吃吧？」

孫守義倒是真想跟曲煒聊聊，便說：「好哇，我還正在想去哪裡吃飯呢，那就叨擾曲秘書長了。」

兩人就一起出了省政府，去了「學府大酒店」，這是東海大學開的，算是很僻靜的一個地方。

坐定之後，曲煒說：「我下午還要上班，中午不能喝酒，守義同志，你喝點什麼？」

孫守義笑笑說：「秘書長不喝，我也不喝，喝茶好了。」

曲煒說：「行，你不喝我也不勉強。」

曲煒隨意的點了幾個菜，然後問候說：「守義同志，北京的趙老身體還好吧？」

孫守義詫異說：「秘書長認識趙老？」

曲煒點點頭，說：「我跟省長去北京公幹的時候，專程拜訪過趙老。」

孫守義心說：趙老的影響力還真是大啊，這些省級領導都以認識他爲榮，看來自己在東海的工作應該並不困難，有這麼多人在背後支持著呢。

孫守義笑笑說：「老爺子身體挺好的，前段時間我回北京，還專程去看過他呢。」

曲煒說：「到趙老這個年紀，健康就是最大的福氣了。什麼時候你再回北京，幫我跟趙老帶好。」

孫守義答應說：「一定。」

說到這裏，兩人感覺關係更近了一些，孫守義笑笑說：

「秘書長，您也是海川的老市長了，海川很多基礎都是您在的時候打下來的，有沒有想什麼時間回海川去，給我們指導一下工作啊？您可是好久沒回去過了。」

曲煒搖了搖頭，說：「守義同志，不要這麼說，工作是大家共同努力的結果，海川我倒是想去，可是呂省長這邊離不開我，我走不開啊。」

孫守義說：「這倒也是。」

曲煒語重心長地說：「守義同志啊，我聽說你在海川跟興孟集團的孟森發生了些衝突，興孟集團是孟副省長在扶持著的，孟副省長找你，不會就是爲了這件事情吧？」

孫守義看了看曲煒，他猜這件事情可能是傅華跟曲煒說的，反正是自己人，他也不想隱瞞曲煒什麼，便說：「是啊，孟副省長跟我聊得正是這件事情。我跟孟森衝突的事情，是傅華跟您講的吧？」

曲煒搖搖頭說：「傅華沒跟我說這件事，我是聽海川的一個同志跟我說的。你這麼說，不會這裏面也有他什麼事情吧？」

孫守義心想傅華口風倒挺緊的，沒拿幫自己參謀這件事情到處宣揚，便笑了笑說：「沒有，我知道傅華原來是給您做秘書的，就想可能這件事情是他跟您彙報的。」

曲煒笑笑說：「我們分開工作已經有些年頭了，雖然還有聯繫，不過都是一些彼此家庭上的事，很少聊及工作的。誒，既然你提起他來了，怎麼樣，他在你的手下幹得還不錯吧？」

孫守義稱讚說：「您帶出來的兵還能差嗎？挺好的，駐京辦的工作被他幹得有聲有色。」

曲煒批評說：「傅華工作能力是有的，就是有點不太上進，一個駐京辦主任的職務他就滿足了。」

孫守義笑笑說：「我反倒覺得這是傅華一個難能可貴的地方，官場上像他這樣知足的人真是很少見的。」

曲煒笑說：「那倒也是。好了，聊著聊著就走題了，我本來是想瞭解一下孟副省長跟你說了些什麼的，怎麼說到傅華身上去了。」

孫守義笑笑說：「孟副省長倒沒說什麼，他只是跟我解釋了一下他跟孟森之間的關係而已。」

曲煒說：「他沒對你施加壓力吧？」

孫守義說：「我看他的意思是要給我施加壓力，還有一層，他想撇清跟孟森之間的關係。」

曲煒說：「撇清自己這很自然，官場中人都是以保全自己爲第一要務的。守義同志啊，你是怎麼想這件事情的？」

孫守義無奈說：「我能怎麼想啊，孟副省長既然打招呼了，我只好放手了。」

曲煒看了看孫守義，說：「就這麼簡單？」

孫守義笑笑說：「秘書長，看來您雖然離開了海川市，對海川市的情形還是很關心啊，您覺得這件事情我應該怎麼做呢？」

曲煒說：「我在海川工作了很長時間，對那裏很有感情，也因爲這樣子，海川的一些同志也常把海川發生的事情跟我說。據我瞭解的情況，這件事一開始你搞得很有聲勢，現在放棄，不會覺得虎頭蛇尾嗎？」

孫守義問說：「那秘書長的意思是我該怎麼做呢？」

曲煒搖了搖頭，說：「你不要逼著我表態了，我沒別的意思，我因爲對海川市很有感情，因此不想海川被某些人搞得烏煙瘴氣的。」

孫守義看曲煒點明了立場，就說：

「其實我跟秘書長是一個想法的，我也不想讓人把一個美麗的港城給弄得烏煙瘴氣，只是我現在並沒有決定性的手段能夠把孟森的興孟集團給怎麼樣，所以就是不想放手也沒有別的辦法啊。」

曲煒笑了起來，他明白孫守義只是戰略性的暫時後退，便說：

「其實我今天找你來，原本也想勸你暫時收斂一些的，你最近針對孟森的那些行爲雖然很有聲勢，可是你準備不足，有些冒進，難免就有些後繼無力啊。」

孫守義說：「我現在已經感受到了這一點了。不知道秘書長有沒有什麼可以指教我的？」

曲煒似乎並不想參與這件事情太深，他贊同孫守義的立場，可是並不代表他會出手幫孫守義。

他現在是省政府的秘書長，身後就是呂紀省長，他如果出手，那代表的意味就複雜了，在沒有取得呂紀省長的首肯之前，他不希望把海川的局面搞得太複雜。他跟孫守義說這些，只是不想孫守義碰得頭破血流罷了。於是說道：

「我也沒什麼可指教你的，我只是覺得你目前根基未穩，做事還是穩妥一點比較好。你也別覺得現在被迫放手是一個挫折，未來一定有機會的。」

孫守義點點頭說：「秘書長說的是，我現在是打不過人家的狀態，保全實力是應該的。」

曲煒笑笑說：「是啊，在官場上首先要學會保全自己，只有能保全自己，才可以佈局其他的。」

孫守義感激地說：「這一點我真是受教了，謝謝秘書長了。」

曲煒笑笑說：「謝什麼啊，我跟呂省長對趙老都很尊重，他的子弟兵下來，我們都應該看顧一些的。守義同志啊，以後省裏有什麼需要，可以來找我，就算我不能解決，我也可以彙報給呂省長，看他能不能出面幫你解決的。」

曲煒這句話說的別有意味，他在話中把呂紀省長給帶上，讓孫守義明白今天這番談話可能與呂紀省長也有關聯。

按照呂紀省長的年紀，未來在仕途上還有很長的路要走，因此對趙老這些雖然退休，但對中組部還有一定影響力的老幹部自然會很尊重，當然也不想看到孫守義在海川栽了大跟頭，那樣他跟趙老就不好交代了。

但是他跟孫守義之間有一定的層級距離，也不好對孫守義太過降尊紆貴，曲煒這個秘書長出面就恰到好處了，一方面曲煒跟海川有一定的淵源，他出面說話不顯得唐突；而且作爲省政府的秘書長，某種程度上，曲煒的表態實際上就代表著呂紀。所以孫守義如果真的遇到了什麼難題，他和呂紀省長一定會出手幫他渡過這道難關的。

如果真是這樣，可能自己一直都在曲煒和呂紀的關注下，他們在密切看著他的一舉一動，看到他出了偏差，這才找他談話、提醒他的。

孫守義點了點頭說：「秘書長的意思我明白了，您放心，我知道該怎麼辦了。」

曲煒回到省政府，他的腦海裏一直在想，爲什麼孫守義會在談話中提起傅華來，難道僅僅是因爲他跟傅華之間的關係，還是傅華真的在背後幫孫守義策劃了什麼？

按理說，孫守義前面的做法跟傅華的做事風格是很不相符的，傅華倒不是沒有冒險精神，但是很少會冒無謂的險。

曲煒再瞭解傅華不過了，像這種事情，如果是傅華在背後做參謀，一定會穩紮穩打，他一定會勸孫守義先站穩腳跟，然後想辦法拿到孟森的罪證，等拿到孟森的罪證後，再去對付孟森，而非現在僅憑幾封不著邊際的舉報信就來打草驚蛇。

但是孫守義卻在談話中提及傅華，雖然自己問他是否與傅華有關，他直接否認了，可是他眼中的神情卻出賣了他真實的想法。

這個傅華怎麼這麼不自量力呢？牽涉到孫守義和孟森的角力當中幹什麼啊？這裏面的關係多複雜啊？不但有海川本土勢力之間的角力，還牽涉到省裏領導們之間的角力，甚至還有省裏跟北京之間的角力。

這裏面牽涉到了極爲複雜的政治鬥爭，就連自己和呂紀省長都不敢明確的站出來表態支持哪一方，他倒好，竟然義無反顧的就扎進去，真是不知道自己多少分量啊。

曲煒就抓起電話，打給傅華。

他覺得傅華這幾年有些忘記他駐京辦主任這個身分應有的分寸，干預了太多海川市政府內部的事務，穆廣是一個例子，孫守義又是一個例子。

他不想傅華這樣子下去，這樣發展下去的話，傅華會牽涉到很多複雜的利益之爭，那樣子是很危險的。

電話接通後，曲煒冷笑了聲說：「傅華，你現在很不錯啊。」

跟了曲煒多年，曲煒的說話方式傅華十分了解，他一聽就感覺到曲煒這麼說並不是要表揚他的意思，而是正話反說的意味，就說：「市長，是不是我做錯什麼了？」

曲煒說：「沒有啊，你還能做錯嗎？你現在多能耐啊，都可以做當世的諸葛亮了。」

# 第十四章

# 微妙變化

這倆人你來我往的表演，讓一旁的楊舟看得一頭霧水，
心說這兩人原來不是打得雞飛狗跳的嗎，怎麼沒過幾天又變得像哥們似的，
這期間是發生了什麼事，才讓兩人產生這麼微妙的變化啊？楊舟百思不解其解。

傅華緊張起來，曲煒話中的不高興已經很明顯了，他說：

「市長，您可千萬別這麼說，如果我做錯了什麼，您就直截了當的批評我吧，您這麼說話，我渾身都不自在。」

曲煒教訓說：「你還知道不自在啊？你不是找到了一位可以輔佐的明主，正想輔佐他開創一番天地嗎？」

傅華一頭霧水說：「市長，我真的不懂您是什麼意思，我真不知道做錯什麼了？」

曲煒說：「到現在你還不知道自己錯在哪裡嗎？那好，我提醒你一下，你們的孫副市長剛跟我一起吃完飯。」

傅華說：「您跟孫副市長談過話？他跟您說我什麼了嗎？」

曲煒反問道：「你覺得他會跟我說什麼？」

傅華想了想說：「肯定是跟說他跟孟森之間的事情了。市長，您聽我解釋，這件事情並不是我……」

「你還真的參與其中了?!」

曲煒原本想試探一下傅華，沒想到竟是真的，他心中這個氣啊，沒等傅華說完，就叫了起來：

「傅華，你這段時間是怎麼了？覺得自己了不起了是嗎？上一次你攪和穆廣的事我不就警告過你了嗎?領導的這些事情不該是你一個駐京辦主任可以攪和的，你把我的話當耳邊風了嗎？」

傅華委屈地說：「不是的，市長，我一開始並不想參與的。」

曲煒氣說：「可是你還是參與了，傅華，你是不是覺得摻和到這些政治上的爭鬥很有成就感啊，如果是那樣的話，你就索性換個位置，不要做這個駐京辦主任好了。省得只能在人家身後指指點點，卻無法親自下場博弈。」

傅華說：「市長，我沒這個意思。」

曲煒叫說：「那你什麼意思啊?我記得當初你跟我說要去幹這個駐京辦主任，是喜歡駐京辦超然的感覺，怎麼現在變成這個樣子，竟然什麼事情都敢插手啦。」

傅華苦笑說：「市長，您先給我個機會解釋一下好不好?」

曲煒哼了聲說：「行，你解釋給我聽，爲什麼你會參與到孫守義跟孟森這場角力當中去了呢?」

傅華解釋說：「事情一開始我真是不想參與的，孫副市長宴請我帶回去的客商，孟森闖上門去攪局，我當時看孫副市長有要跟孟森鬥一鬥的想法，怕他不瞭解情況吃虧，就在事後跟他講了孟森的背景。」

曲煒質問說：「你提醒他一下，讓他知道知道孟森的厲害，他就應該知難而退了，怎麼他竟然會跟孟森衝突起來了呢？你沒在後面攛掇他吧？」

傅華叫屈說：「市長，您這就冤枉我了，您又不是不瞭解我，我是那種攛掇別人的人嗎？」

曲煒冷笑一聲，說：「一開始我還覺得這件事跟你扯不上關係呢，結果怎麼樣？你不但跟這件事情有關係，關係還很深呢。」

傅華極力解釋道：「我真是冤枉的，我當時告訴孫副市長孟森這個人不好惹之後，滿以爲孫副市長會先忍下這口氣，暫時不去跟孟森較這個勁的。沒想到這件事意外傳到了孫副市長的老婆耳朵裏，是他老婆覺得孫副市長不應該咽下這口氣，應該給孟森一個教訓，事態才整個扭轉的，孫副市長馬上就轉變了態度，堅持要出手對付孟森了。」

曲煒沉吟了一下，說：「你是說對付孟森這件事，是孫守義的老婆要做的？」

傅華說：「是啊，他老婆在我面前表明過態度。」

曲煒說：「你知道孫守義跟趙老的關係吧？」

傅華說：「我多少知道一點。」

曲煒說：「據說孫守義的老婆是趙老一個老部下的女兒，跟趙老的關係很親近，這裏面說不定有趙老的意思。」

傅華說：「這我就不清楚了。」

曲煒說：「不管有沒有趙老的意思，他們要跟孟森鬥，是他們的事，有你什麼事情啊？你怎麼會攪在其中呢？」

傅華說：「那個孫守義就找我瞭解孟森的情況，還問我的意見。」

曲煒說：「那你就忍不住要指點江山一番，幫他出謀劃策了？傅華啊，這些事本來跟你無關，你大可作壁上觀的。你是不是又覺得孟森是海川的毒瘤，爲了海川，所以想幫孫守義把他除掉啊？」

傅華不好意思的笑了笑說：「不瞞您說，我還真是有這種想法。」

曲煒罵說：「別嘻嘻哈哈的。傅華，你怎麼還這麼不成熟啊？你什麼時候可以把你身上那種英雄情結去掉啊？事情如果像你想的這麼簡單的話，你們的市委書記和市長金達他們還不早就出手把孟森除掉了？連他們都不敢動手，你又逞什麼能啊？」

傅華說：「張書記和金市長不對孟森動手，可能是他們對省裏孟副省長有所顧忌吧。」

曲煒說：「對啊，他們是對孟副省長有所顧忌，難道你就可以不顧忌了嗎？」

傅華說：「這倒不需要我去顧忌，孫副市長覺得可以不顧忌就行了。」

曲煒冷笑了一聲，說：「那你就可以躲在背後攛掇孫守義出來對付孟森了，是吧？傅華，你知道這裏面牽涉到多麼複雜的利益博弈啊？孫守義這麼做，是因爲他希望馬上就在海川打響旗號，儘快的做出成績，好早日升遷，你在裏面又有什麼好處，要這麼熱心啊？」

傅華心裏就有些不高興了，雖然他知道曲煒跟他說這些是爲了他好，但是曲煒自從去了省政府之後，就變得有點做事畏首畏尾，怕這個怕那個的了。

傅華忍不住說：「市長，我覺得您自從去了省裏後，整個人就好像變了一個人似的。您在怕什麼啊？是，這裏面是沒我什麼利益，可是我也不想看著孟森這種人在海川橫行霸道，現在有人願意出頭對付孟森，我在背後幫他一把又怎麼了？我不覺得自己做錯了什麼。」

曲煒被嗆了一下，他聽出傅華的不滿，便說：

「傅華，有些事情你還不知道，你問我在怕什麼，我告訴你我在怕什麼。就拿孫守義跟孟森這場爭鬥來說吧，這裏面就有海川市跟東海省較勁的成分，也有北京和東海省之間的角力，還牽涉到孟森掌控的海川市的地下集團，連呂省長和我都不敢明確表態去支持誰，你一個小小的駐京辦主任又有什麼資格去支持誰啊？這裏面，哪個角色背後的勢力是你可以抗衡的？這些人你哪個惹得起啊？是啊，現在你可以站在一邊幫他們打另一邊，但是你要知道，現在他們可以打得你死我活，是因爲他們之間的利益衝突了，轉過頭來如果他們利益一致了，他們就會站到一起成爲好朋友的，到那個時候，被人家出賣的只是你這種沒什麼靠山的小角色，恐怕你會死無葬身之地的。」

傅華不以爲然地說：「市長，我不贊同您的觀點，是，我可能沒您瞭解的內幕多，政治鬥爭可能也真的像您說的那樣很殘酷，被犧牲的也都是我這樣的小人物，但是，我覺得這社會還是應該有公理在的，爲了維護公理，也應該有人站出來的。」

曲煒苦笑說：「傅華，你怎麼還這麼理想化呢？你怎麼就不明白呢，你現在所面對的，已經不僅僅是海川那麼一點點局面了，在海川的時候我還能護著你，現在我可沒能力護著你了。」

曲煒話中實際上是透出對傅華的愛護，傅華就不好再跟他頂嘴了，雖然他心中對曲煒的說法還是頗不認同的。

「市長，您的意思我明白了，今後我會注意的。」

曲煒見傅華態度軟化了下來，語氣也變柔和了，說：

「傅華，有些事情你真是不知道，孟副省長現在正處於一個上升的勢頭當中，未來是省長的有力競爭者之一，張琳和金達爲什麼不願意出頭去對付孟森？你想想，如果孟副省長有一天變成了省長，他們出手對付了孟森，要怎麼去面對這個局面啊？」

曲煒接著又感嘆地說道：「傅華，在省裏，形勢是瞬息萬變，我時時刻刻都有一種如履薄冰的感覺，可能人就沒像在海川時那麼的冒失了。」

傅華也很感觸地說：「市長，您當初那不叫冒失，那叫魄力，當初的您多有霸氣啊，說實話，雖然你現在職務升遷了，可我真的不想看到您現在這個樣子。」

曲煒苦笑說：「傅華，我也很懷念那時跟你在海川的那些歲月，那個時候我們一起努力，感覺那是我職業生涯中最輝煌的時期。」

傅華說：「是啊，只要一想起我在您身邊做秘書的情景，我就有種熱血沸騰的感覺。」

曲煒嘆了口氣說：「哎，人總是要成熟的。那個時期的曲煒已經死掉了。」

傅華十分感慨，那個時期的曲煒朝氣蓬勃，做什麼都很有幹勁。但是因爲跟一個女人的私情，曲煒的仕途差一點就毀於一旦。從此他的人生轉入了另一個軌道，從一個揮斥方遒的指揮官，變成了省政府一個管家性質的人物，他的野心也在這次轉變中被完全消磨掉了。

人生的悲劇莫過於此，當你還想做事的時候，卻一下子被剝奪了做事的權力，你不得不從一個指揮官變成了一個旁觀者，從舞臺上的主角變成了配角，那種悲哀不是親身經歷的人，是很難體會的。

曲煒能慢慢接受到逐漸適應，還能在新的位置上爭取出新的一番天地，已經算是很不容易了，傅華真是沒什麼立場可以去指責他什麼。

傅華沉默了，他不知道該如何去安慰曲煒，也無從安慰。

過了一會兒，他說：「市長，孫守義這件事我會聽您的話，做回自己的本分的。」

傅華無從安慰曲煒，只好表態願意聽從曲煒的意見，一來表示對曲煒的尊重，二來也不想再讓曲煒爲他擔心，這也算是變相的安慰吧。

曲煒說：「好了，記住你答應我什麼了，我掛了。」

曲煒就掛了電話。

傅華經過這一場談話，心情變得十分低落，接下來好長一段時間都打不起精神來。

晚上，孟副省長回到家中，撥了孟森的電話，孟森接通了，孟副省長說：

「小孟啊，今天孫守義來省裏開會，你的事情我跟他談了一下。」

孟森說：「那他怎麼說？」

孟副省長不想把跟孫守義之間發生的一切都告訴孟森，他對這些商人多少還是保持著一點警惕，就說：「我都開口了他還能怎麼說。他在我面前表態，不會再繼續追查這件事情了，這下子你滿意了吧？」

孟森高興地說：「當然滿意，省長出馬就是不同，孫守義是不是被您訓得灰頭土臉的啊？」

孟副省長說：「別這麼說，我訓人家幹什麼？人家又沒有做錯什麼。我只是提醒他一下，這裏不是北京，這裏是東海。可能他覺得還需要給我留點面子吧，就答應我放手了。擺平你們海川市公安局，你沒什麼問題吧？」

孟森一口說道：「那沒什麼問題，小菜一碟而已。」

孟副省長說：「那就好，小孟啊，回頭孫守義那邊你還是注意一點，不要因爲我幫你擺平了這件事，你就去給人家臉色看，這個人不好惹，他背後的勢力更不好惹，這次人家能放你一馬，完全是給我面子，如果你再惹翻了他，我可就不管了。」

孟森說：「我知道了，孟副省長，有了這次的教訓，我還敢去惹他嗎？我也知道權衡輕重的。我現在不但不想惹他，還想要怎麼去跟他修好關係，去巴結他呢。」

孟副省長笑了笑說：「這就對了嘛，這方面我相信你有這個本事的，你搞關係是很有一套的。」

孟森說：「那是。誒，孟副省長，那個嫩妞我還給你留著呢，你什麼時候下來玩啊？」

孟副省長淫邪的笑了起來，說：「小孟，叫你說得害我心癢癢的，不過我最近行程安排得很緊，沒時間下去，要不你把她送到齊州來吧？」

孟森諂媚的說：「行啊，孟副省長既然想要，我送去就是了。」

孟副省長笑得越發開心，說：「那我就等著你了。」

隔天，孟森親自將那個嫩妞送到了齊州，讓孟副省長美美的享用了一晚，才將那個嫩妞帶回海川。

這一切都發生在齊州平靜的夜幕之下，除了孟副省長和孟森，沒有人知道發生了什麼。

孟森回到海川後，就開始籌畫要如何化解跟孫守義之間的糾葛，他已經明白自己無法降服孫守義，既然打不過，就乾脆拉攏來做朋友好了。

孟森就去找了海川市商會的會長楊舟，他知道由自己出面邀請孫守義來海川商會指導工作，孫守義肯定是不會給他這個面子的，他就想讓楊舟出面邀請孫守義來。

在楊舟的辦公室，孟森找到了楊舟。

這個楊舟實際上並沒有什麼能力，只是因爲官方屬意找一個比較聽話的人來做這個商會的會長，他才有機會坐上了這個位置。他對孟森也很敬畏，基本上就等於是孟森的傀儡。

楊舟看到孟森，心裏就有些犯嘀咕了，雖然孟森是副會長，楊舟是會長，孟森卻很少過來他的辦公室，有什麼事幾乎都是打電話來知會他一聲而已，今天這傢伙跑來幹什麼啊？

他笑笑說：「孟董啊，什麼風把你給吹來了？」

孟森說：「我是有事找會長商量一下。」

楊舟客套地說：「什麼事情啊，你打電話來說一聲就好了，還商量什麼啊？」

孟森說：「那怎麼行啊，會長才是海川商會的當家人，我是有些想法要彙報，不來跟你商量一下怎麼能行啊？」

楊舟有些驚疑的看了看孟森，孟森成爲副會長以來，還從來沒對他這麼客氣過，這讓他有點擔心起來。

他說：「孟董，你這是什麼意思啊，不會是我有什麼地方做得不對了吧？」

孟森笑了笑說：「會長，我不是覺得你做錯了什麼，而是真的有事要跟你商量的。」

楊舟這才鬆了口氣，說：「什麼事啊，你這麼正式，搞得我也緊張了起來。」

孟森說：「我們商會是不是該開年會了？」

楊舟想了想說：「還有些日子吧，我記得去年是再過幾個月才開的，現在開，是不是早了一點啊？」

孟森說：「反正一年要開一次，早一點晚一點無所謂吧？」

楊舟看了孟森一眼，說：「你的意思是現在就要開？」

孟森點點頭，說：「我覺得這個時候正好，商會是不是儘快籌劃一下啊？」

楊舟說：「籌劃沒什麼問題，只是開會的經費還沒籌集，這可能要拖一點時間啊。」

孟森說：「一點經費不成問題，既然我提議提前開這個會，經費就由我負責解決，由興孟集團贊助了。」

楊舟笑說：「那就沒什麼問題了。誒，孟董，你這麼急著要開這個會，是不是有什麼特別的事情要我處理啊？」

孟森點了點頭，說：「是啊，會長真是聰明人，一下子就看透了我的心思。我是有事情希望會長出面。是這樣子，新來的常務副市長孫守義到任已經有一段時間了，我們商會跟他還沒什麼接觸，這似乎顯得我們商會對孫副市長不太尊重，這可不好，所以我就想，您是不是出面邀請孫副市長參加一下我們的年會啊，讓孫副市長給我們商會指導一下。」

楊舟愣住了，原來孟森繞了一大圈要搞這個年會，根本就是衝著孫守義來的。

孫守義跟孟森前段時間那一番明爭暗鬥，在海川基本上是無人不知無人不曉的，孟森在這時候請孫守義來，這是要幹什麼啊？他不會要繼續對付孫守義吧？

楊舟心裏就犯難了，孟森惹得起孫守義，他可惹不起啊，他身後可沒孟副省長支持，別說是一個副市長了，就是一個局長，他見了也是要畢恭畢敬的，現在孟森把他扯進來，這不是要害他嗎？

楊舟苦笑著說：「孟董，商會的事情我一向都是聽你的，可是這件事情恐怕不行啊！我知道你跟孫副市長之間有些矛盾，你請他來，不會是要針對他做什麼吧？你別難為我好不好？我可惹不起孫副市長啊。」

孟森笑了，說：「看你那慫樣，一個副市長就把你怕成這個樣子了？」

楊舟苦著臉說：「我可沒孟董有本事，別說副市長了，就算比他級別低很多的官員我都得罪不起。」

孟森說：「好啦，我讓你安排你就安排好了，我不會害你的。放心吧，我跟孫副市長之間的矛盾已經化解了，你就去請他來就是了，我不會讓你為難的。」

楊舟不敢置信地看了看孟森，說：「你們之間的矛盾真的化解了？」

孟森有些不耐煩了，說：「告訴你化解了就化解了，你放心好了，你只管去把他請來，其他就不干你什麼事了。萬一出什麼事我孟森會擔著，不需要你負責。」

孟森沉下臉來，楊舟就不敢再說什麼了，他對孟森交代下來的事，也沒有反對的膽量，因此就算他心裏擔心孟森和孫守義會衝突起來，也只好硬著頭皮把這件事情給接下來。

楊舟說：「那好吧，孟董，我開始籌劃就是了。」

孟森點了點頭，說：「這就對了嘛。只是你一定要儘量把孫守義請來參加會議，知道嗎？」

楊舟眉頭皺了起來，說：「如果他就是不來，我怎麼辦？」

孟森指點他說：「你就把會議的層次儘量拉高一點，比方說，我們這些民營企業家期望能跟政府就支持民營企業的政策多交流一下，再比方說，我們這些民營企業家希望能聽到孫副市長對我們的指導性意見等等，諸如此類的，這些話你比我會說吧？」

楊舟說：「話我是會說，只是孫副市長會不會來，我就不敢保證了，我盡力爭取就是了。」

孟森說：「你給我親自去請他，我就不相信孫副市長對我們企業的盛情可以置之不理。」

楊舟心說：我算什麼啊，我去請人家就一定來啊？不過他不敢反駁孟森，只好說：「行行，我親自去請。」

當孫守義看到楊舟把海川商會燙金的請帖放到他的面前時，不由得愣了一下。他記得傅華跟他講過，孟森就是海川商會的副會長，現在商會邀請他去參加年會，這裏面有沒有孟森的什麼詭計啊？

楊舟看到孫守義看請帖的神情很淡然，並沒有高興或者不高興的明顯表示，心裏就有些打鼓，他捉摸不出孫守義究竟是一種什麼想法，是準備去呢還是回絕?!

不過孫守義既然沒開口拒絕，楊舟就要盡力爭取。這不僅僅是因爲孟森已經交代他必須請到孫守義，也是因爲能請到常務副市長出席商會的年會，對商會本身也是一種榮耀，也提高了年會的規格，對他這個會長來說，也是件長面子的事。

楊舟諂媚的說：「孫副市長，我們商會的企業家們都很渴望您能親臨年會，當面給我們一些指導，所以希望您能在百忙之中，撥冗駕臨我們的年會。」

孫守義心中正在猶豫，他搞不清楚孟森這麼做的意圖，不過商會既然給他提供了一個接觸本地商人的機會，他並不想錯過；再說，如果自己回絕了，會不會讓海川商界的人覺得自己是在畏懼孟森啊？

孫守義並沒有猶豫太久，就做出了去商會參加年會的決定。

他覺得在孟副省長跟自己的談話之後，孟森就已經算是跟自己達成了協議，因此商會邀請自己，可能只是向自己獻媚的一個動作，甚至可能就是孟森授意的，自己沒必要再去怕孟森什麼了。

當孫守義出現在海川商會年會上的時候，在場的會員們熱烈的鼓掌，年會還是第一次有常務副市長光臨，這讓他們覺得商會更上了一個檔次，越來越被市領導重視了。

果然不出孫守義的意料，他到達商會的時候，孟森和楊舟都已經早早的等在了會場的門口。

孫守義下了車，跟楊舟握了握手，楊舟就把身子閃開，讓身後的孟森走到孫守義的面前。

孫守義看了一眼孟森，心裏不免有些滑稽的感覺，幾天前兩人還是鬥得你死我活的場面，現在卻要握手寒暄了。

孫守義搶先伸出手來，笑著說：「這不是孟董嗎，我們又見面了。」

孟森趕緊伸出手握住孫守義伸出來的手，滿臉笑容地說：「是呀，孫副市長，我們又見面了。其實我一直想跟您說聲抱歉來著，上次在海川大酒店，我喝多了去您那發酒瘋，惹您生氣，真是很抱歉啊。」

孟森這是公開的跟孫守義道歉，也算是給足了孫守義面子，孫守義不能不接著，便笑笑說：「哪裏，孟董真是說笑了，上一次你去敬我的酒，是給我面子，我怎麼會生氣呢？好了，不要說這個了，孟董，我聽楊會長說，這一次年會的經費是由興孟集團贊助的，不錯啊，你為海川商界做了一件好事啊。我們海川商界是需要湊在一起多做一些交流的，這樣子才能互通有無，團結合作嘛，這件事情你做得很好啊。」

孫守義借贊助年會經費這件事情表揚孟森，也是對孟森的一種示好，也算是還了孟森一個面子，孟森心裏很高興，心說這筆錢還真沒白花，既給興孟集團造了聲勢，也創造了跟孫守義之間融冰的機會，一舉兩得。

這倆人你來我往的表演，讓一旁的楊舟看得一頭霧水，心說這兩人原來不是打得雞飛狗跳的嗎，怎麼沒過幾天又變得像哥們似的，這期間是發生了什麼事，才讓兩人產生這麼微妙的變化啊？

楊舟百思不解其解，困惑地在前面帶路，把孫守義帶到了年會的會場上，接著宣布年會開始，然後請孫守義作指示。

孫守義面帶微笑說：

「楊會長說讓我做指示，這我可不敢，在商業方面，在座的各位都是成功人士，你們的經驗比我豐富，今天我來參加這個年會，實際上來跟大家交流的，想聽取大家的意見，看看大家對市裏面的經濟政策有什麼看法，大家可以向我反映，我會跟市政府彙報，作出相應的調整的。所以呢，大家可以隨興一點，年會嘛，本來就是大家湊在一起熱鬧熱鬧，加深感情的地方，沒必要搞得這麼正經八百的吧？」

參加會議的商人們就笑了起來，他們感覺孫守義這位市領導很隨和，沒什麼架子，有人就開始講述他們對市裏面一些經濟政策的看法，孫守義也有問必答，應對的還算得體。

在這問答的過程中，氣氛顯得十分融洽，孫守義心情慢慢放鬆了下來，時間也過去了不少，交流應該差不多要結束了。

這個時候，突然一個四十多歲的男子說道：「孫副市長，有件事我想請教一下。」

孫守義以爲仍是一般性的問題，就笑笑說：「請說吧。」

男子說：「是這樣，市裏前段時間對我們這些民營企業是很扶持的，又說我們是企業家啦，又說我們爲這個社會創造了財富和就業機會，把我們誇得跟朵花一樣；可是最近呢，風向有點變了，有領導說我們是惡勢力，要讓有關部門查處我們，同樣都是我們這些民營企業，市裏面的態度卻前後不一，我想請問一下孫副市長，你們這些市領導究竟是怎樣看待我們這些民營企業的？」

會場上的氣氛一下子降到了冰點，大家都清楚這個人說的是意有所指，最近一段時間，市領導當中只有孫守義針對孟森的興孟集團說過惡勢力和要公安部門查處的話，現在正在孫守義和海川市民營商界談得正熱火朝天的時候，這個人突然拋出這個話題，明顯是想要給孫守義難堪的。

孫守義也有點發愣，他原本以爲會議已近尾聲，他可以完滿收場了，沒想到半道殺出個程咬金，直接衝著他最尷尬的地方發問了。

孫守義以爲這個人是孟森安排出來專門爲難他的，他看了一眼一旁的孟森，結果孟森臉上也是一臉的尷尬，看到孫守義在看他，還衝著孫守義搖了搖頭，似乎對這個人突然發難也沒什麼心理上的準備。

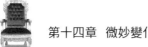

孫守義只好笑笑說：「請問這位是？」

男子說：「你問我是誰，無非是想要來查我的底罷了，我是『旺達製冷』的趙旺，我做生意向來是合法經營，隨便你來查，我沒在怕你的。」

孫守義笑了起來，說：

「這位趙總說得很好啊，合法經營就不會查，我們政府是大力支持民營企業的發展的，但是也有一個前提，那就是要合法經營。其實不管那一種企業都是需要遵守國家的法律的，民營企業也不能超越在法律之上的嘛。前段時間是有市民向我們市政府反映有些民營企業存在一些不法經營的行爲，市民反映了，我們當然不能置之不理，交給相關部門查處也是再正常不過，這並不是針對我們全部民營企業而爲的。我相信大部分的民營企業者都是合法經營，相關部門的調查也不過是一個正當的監管程序而已，只要合法經營，何必擔心相關部門的監督呢？是吧，各位？」

「對，孫市長說得太好了，只要合法經營，就無需擔心相關部門的監督。讓我們大家爲孫市長的講話鼓掌。」

孟森說著，便站起來鼓掌，在他的號召下，企業家們也都站了起來熱烈的鼓掌。弄得孫守義不好意思起來，也跟著站起來，揮手示意大家可以把掌聲停下來了。

這時，孟森又搶在孫守義之前講話了，他說：

「我在這裏跟孫副市長表個態，作為海川市民營企業的一員，我們興孟集團一定按照孫副市長的指示，嚴格要求自己合法經營，徹底杜絕一切違法行為。我們興孟集團也願意接受相關部門一切的監督監管。同時我提議今天在座的民營企業共同宣誓遵守國家的法律法規，合法經營，保證賺的每一分錢都是光明正大的。大家說好不好啊？」

會員們都齊聲喊好，這個時候也沒有人會說不好的。

孫守義看孟森做出這些表演，心裏也不得不佩服這傢伙確實是很聰明，懂得隨機應變。

孟森很好地利用了趙旺的發難，把趙旺對自己的質疑轉變成民營企業家一次集體表達合法經營的作秀，不但化解了尷尬的局面，還巧妙的迎合了自己的意思，搞得這一切都好像是自己和孟森事先排演好的一場戲。

孫守義這時也不得不把這場戲演下去了。

他笑笑說：「大家的決心我看到了，我很感動，我相信只要大家合法經營，我們海川經濟一定能茁壯成長，越來越壯大的。

會議的交流階段就在熱烈的掌聲中結束了，商會準備了豐盛的晚宴，楊舟和孟森極力挽留孫守義留下來參加晚宴。

晚宴的氣氛十分的融洽，孟森在楊舟之後，特別站起來給孫守義敬酒，他說：

「孫副市長，我們商會的年會從來沒有像今年開得這麼成功，這麼熱烈，這都應該感謝您啊，這杯我敬您，感謝您對我們海川商會的幫助。」

孫守義笑笑說：「孟董客氣了，大家都是海川的一分子，都在為海川的經濟貢獻各自的力量，不要說什麼感謝的話了。大家共同努力，為我們海川開創一個美好的明天。」

孟森說：「孫副市長說的太好了，為了我們海川美好的明天，我們共同乾杯！」

大家都跟著把杯中酒給乾掉了，酒宴的氣氛達到了一個最高潮。

酒宴結束時，楊舟和孟森送孫守義上車。

孫守義跟楊舟和孟森握了握手，道了再見，就要上車時，孟森湊了上來，說：「孫副市長，我要跟您解釋一下，今天那個趙旺的事是個意外，可不是我故意搞出來的。」

孫守義笑笑說：「我知道，我並沒有誤會你。」

孟森說：「那就好。」

孫守義上車離開了，孟森看著他的車離開，臉上露出了滿意的笑容。

在一旁的楊舟看著他，不禁說道：「孟董，我還真是佩服你啊，原本我還以為你跟這個孫副市長不對盤呢，原來你們之間根本就沒什麼問題啊。」

孟森笑了笑，他不想跟楊舟說他跟孫守義是費了多少周折才有現在這個局面的，保留一點神秘才會讓別人對你有些畏懼感，便說：

「呵呵，我們本來就沒什麼的。」

楊舟看了孟森一眼，他才不相信孟森說的話呢，他覺得一定是孟森付出了某種代價，收買了孫守義，不然的話，孟森也不敢那麼篤定的去辦這個年會，更不會說要請孫守義來參加這個年會。

看兩人在年會上的默契勁兒，楊舟覺得孟森肯定是付了大價錢，才收買得孫守義這麼服服貼貼。

楊舟在心中感慨道，這個世道變了，竟然沒有什麼是不能收買的，原本孫守義拿腔拿調的，他還真以為他是要跟孟森過不去呢，他還為此有點幸災樂禍，妄想過孟森會被孫守義給搞掉，他在商會就可以真正掌權當家做主人了。

哪知道形勢瞬間就發生了逆轉，孫守義竟然轉身投入了孟森的懷抱！看來孫守義前些日子的舉動，不過是想跟孟森提高要價的手法而已，根本就不是真的想搞掉孟森的。

幸好自己沉得住氣，沒有做什麼小動作，不然的話，得罪了孟森，後果簡直不堪設想啊。

# 第十五章

# 宿命論

孟森轉過頭來，問了一句令孫守義有點摸不著頭腦的話：

「孫副市長，你相信宿命嗎？」

孫守義愣了一下，他不清楚孟森問自己這句話是什麼意思，

他是要譏笑什麼嗎？還是真的問自己相信不相信宿命？

孟森和孫守義的這一場互動，很快就在海川政壇傳開了。很多人就有些看不懂了，不明白孫守義葫蘆裏賣的究竟是什麼藥，大家只知道孫守義跟孟森鬥了一場之後，竟然有了合流的趨勢，甚至在海川商會上還合作表演了一場默契異常的宣誓合法經營的秀。

麥局長也很快知道了這種情形，心中暗罵孫守義捉弄人的同時，自然就更不把孫守義帶給公安局的那幾封信當回事了。

說穿了，那幾封信根本就是孫守義玩的一個花招，而他在這其中，不過是被孫守義利用的工具。現在孫守義已經達到了降服孟森的目的，他這個工具應該沒什麼人要理了。

便有人開始重新審視孫守義這個人了，

他們覺得孫守義之所以這麼翻雲覆雨，完全是因爲孫守義本來就是爲了鍍金升遷來的，所有那些阻擋他實現這個目的的人，他都視之爲敵人；相反，對他有所助力的，他都願意結盟爲朋友。孟森就是看透了這一點，給了孫守義臺階下，孫守義又看孟森這種人還有用處，就對他轉變了態度。

這說明孫守義這種人爲了達到目的，根本就是不擇手段。

海川政壇上的人對孫守義更多了一些畏懼，在孫守義面前變得更加小心了，他們擔心自己在某些方面成爲孫守義的障礙，會被孫守義想辦法剷除掉。連孟森都不是孫守義的對手了，就更別提他們了。

此消彼長，一些原本仇視孟森，以爲打倒孟森有希望的人再度失望了，他們在心中咒罵著孫守義，對孫守義的看法跟楊舟一樣，也認爲孫守義是被孟森給高價收買過去了。

孫守義不是沒察覺到這種風向的變化，不過他無法爲自己分辯，這種事也沒有人想要你去跟他們解釋什麼的，人們只相信自己看到的事實，不會認爲他心中還有委屈的。

傅華對孫守義的這一轉變並不知道，因爲曲煒的關係，他沒再跟孫守義聯繫，他既然答應了曲煒要謹守本分，就要履行承諾，不再主動去參與這些事。

丁益在這個時間來到了北京，天和和中天集團經過一段時間的談判，終於決定聯手爭取海川市的舊城改造項目，他來是代表天和和中天集團簽訂合作協議的。

林董出面宴請丁益，並邀請了傅華，林珊珊也被林董帶來參加了宴會。

自從傅華和鄭莉猜到孫守義和林珊珊之間可能有曖昧關係，傅華在看到林珊珊時，心中就莫名有一種彆扭的感覺，雖然他不能確定兩人真有那種關係，可是疑心生暗鬼，他很難不讓自己產生這種感覺。

林珊珊並沒有察覺到什麼不對，主動地坐到了傅華身邊。

既然知道林珊珊心不在丁益身上，傅華就不想再湊合這兩個人了，對林珊珊坐在他身邊也就無可無不可了。

中天集團和天和房產兩方已經談好由中天集團代表合作雙方，跟海川市政府談判項目開發事宜，天和則在一旁配合。

這樣做是因爲中天集團是北京的公司，對海川來說算是外來的投資者，海川市政府會給中天集團一定程度的優惠政策。

喝酒當中，林董和丁益也確定了中天集團派人跟海川市政府展開談判的日期。

這時林珊珊問傅華：

「傅哥，這一次我也要跟中天集團的代表團去參加談判，我爸說讓我參與一下公司實際的運作，你要不要跟我們一起回海川啊？」

傅華看了一眼林珊珊，說：

「這次我可能就無法跟你們一起去了，我這個駐京辦主任只不過是起個牽線搭橋的作用，現在作用已經達到了，我就應該功成身退了。」

林珊珊可惜地說：「啊，你不去海川那多沒意思啊，我還想找你再去海邊玩呢。」

傅華笑笑說：「珊珊，你這就不對了，你這一次去，不是爲了參與中天集團的公司運作嗎？怎麼淨想著玩呢？」

林董也說：「是啊，珊珊，這一次你可是答應我要多跟公司的人學習，我估計談判工作肯定會很忙的，你就不要想什麼去海邊玩的事了。」

林珊珊嘟著嘴說：「可是傅哥不回去，我在那邊就沒什麼熟悉的朋友了，我會感覺到孤單的。」

丁益笑笑說：「怎麼會沒有熟悉的朋友呢？我不是你的朋友嗎？還有孫副市長你也見過很多次，這些人都可以照顧好你的。」

丁益提到孫守義的時候，傅華特別看了林珊珊一眼，他想從林珊珊臉上看看她有沒有異常，不知道是林珊珊太會裝了，還是她和孫守義真的沒什麼，傅華什麼都沒看出來。

林珊珊扁了扁嘴，說：「你們多無聊啊，哪有傅哥有趣啊！我還是想讓傅哥陪我去海川。」

傅華心說：你去海川的真正目的是孫守義吧，我只不過是你的藉口罷了，他笑了笑說：「不行啊，珊珊，我有工作要做，不能陪你去的。」

宴會結束後，傅華送丁益回海川大酒店。在路上，丁益笑說：「傅哥，我還真是服了你對女人的魅力，今天我算看出來了，林珊珊根本就是喜歡你嘛。」

有了穆廣上次的教訓，傅華再也不敢在丁益面前隨便講話了，就笑笑說：「別瞎說，林珊珊不過是好玩，想要拉一個人回去陪她玩罷了。你別淨想這些風花雪月的了，還是想想如何幫中天集團跟市政府談判拿下項目的事情吧。」

丁益點了點頭，說：「是啊，還是正事要緊。」

傅華說：「你們的合作，孫副市長很支持的，所以我想這一次中天集團去海川應該會很順利吧。就是不知道孟森會不會再跳出來搗亂了。」

丁益很肯定地說：「我想孟森是絕不會跳出來搗亂的。」

傅華詫異地說：「你怎麼就敢這麼肯定？莫非孟森現在什麼都聽你的了？」

丁益笑笑說：「孟森肯定是不會聽我的，不過，孟森現在跟孫副市長好得很，所以他一定不會跟孫副市長搗亂的。」

傅華訝異地說：「不會吧，據我所知，他們兩個人可是有點不對盤啊。」

丁益笑說：「傅哥，你的情報不準確啦，你還停留在前段時間他們兩人鬧彆扭的時期。現在形勢大變，這兩個人似乎不再是對頭，而是合作無間的夥伴了。」

這可把傅華給說愣了，他怎麼也不相信孫守義會跟孟森合作無間，就算官場是一個什麼事情都可能發生的地方，他也不相信孫守義會這麼做，這個轉變也太大了點。

再說孫守義在孟森這件事情上，一直很重視自己的意見，不可能他做這麼大的轉變跟自己連提都不提。

傅華便說：「丁益，你是不是對孫副市長有什麼誤會，他怎麼可能跟孟森合作無間呢？記得上次我回海川時，孟森可是搞得孫副市長很下不來台的啊。」

丁益搖搖頭說：「那已經是過去式了。傅哥，你聽我告訴你最近他們兩人發生了什麼事吧。」

丁益就跟傅華講了兩人最近在海川商會上的雙簧表演。

傅華聽完，心裏頓時有些落寞，原來孫守義當真是跟孟森同流了。前些日子曲煒說孫守義和孟森之間不過是利益之爭，利益一致的時候，他們就會變成盟友，言猶在耳，人家果真已經變成盟友了。

丁益並沒有察覺到傅華情緒的變化，他總結說：

「這個孫副市長還真是政治手腕高超，對付孟森這樣子的狠角色，竟然也能像庖丁解牛一樣，遊刃有餘啊。」

傅華心中有些苦澀的味道，對孫守義的這個庖丁去解孟森這頭牛，他是居功甚偉的，從頭到尾都是他在幫孫守義策劃如何對付孟森。只是令他想不到的是，事情最後的發展方向跟他設想的，完全是背道而馳。

他希望孫守義能剷除孟森這個毒瘤，然而孫守義最後卻選擇跟孟森結盟，連告訴自己一聲都不肯，枉費自己還覺得他可以信賴呢。

官場上沒有永遠的敵人，只有共同的利益，孫守義還真是把這句政治名言領會的很透徹啊。

自己還在夢中，人家就已經把你給出賣了，這讓向來自視甚高的傅華臉上一陣發燒，

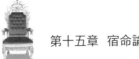

慚愧啊，原來他不過是人家利用的一個棋子而已，現在利用完了，人家連告知一聲都不肯，就把他給放棄掉了。

傅華現在很想打電話給孫守義，質問孫守義爲什麼連知會自己一聲都不肯，可是這樣子有用嗎？

就像自己想要問金達，他老婆跟錢總的關係究竟如何，金達連給自己一個開口問的機會都不肯一樣，只要一說起錢總，他就直接把你的話給堵了回去。

說到底，你拿人家當朋友根本就是在自作多情，這些都是領導，並不是你的朋友，從這種身分上的差別上來看，你連問人家的資格都沒有。

此時的傅華真是無比的鬱悶，他前前後後也配合過不少的領導，就算徐正時期他也沒有現在這麼鬱悶，徐正至少是明著跟自己找彆扭，現在金達和孫守義表面上跟自己似乎很投緣，可是背後對自己如何，就只有他們自己心裏明白了。

現在傅華心中多少有點後悔選擇駐京辦主任這個位置了，這個位置讓他可以站在超然的立場不假，但是也讓他在遇到自己不滿的事情的時候，無法參與進去解決事情，他只能眼睜睜的看著事態朝他不願意看到的方向發展，卻無能無力。

事情也確實在朝著傅華不願意看到的方向發展下去了，有了年會上的默契合作，孟森覺得這是一個好的開始，適逢興孟集團一個新的工廠開幕，開工典禮的請帖由孟森親自送到了孫守義的辦公室。

孫守義看了看請帖，笑笑說：「孟董，你的公司發展勢頭還真是旺啊，又開了一家工廠啊，真要恭喜發財了。」

孟森謙虛說：「一個小廠，發什麼財啊，只希望能給海川經濟做一點貢獻了。希望孫副市長到時候一定要來捧場啊。」

孫守義笑笑說：「這我要問一下小劉了，我的行程都是他在安排的，不知道典禮那天我有沒有時間啊？」

孟森說：「這個我事先就問過劉秘書了，他跟我說您那天沒什麼安排的。」

孫守義原本想借此推掉孟森的邀請，可是孟森防備了他一手，事先就把這個可能給堵死了。

孫守義心說，算了！反正已經有了商會那一次的合作，也不在乎多這一次了，便笑笑說：「那行啊，我去好了。」

孟森高興地說：「那我就恭候您的大駕了。這個是車馬費。」孟森把一個厚厚的信封推到了孫守義面前。

孫守義愣了一下，看了看孟森說：「孟董啊，這什麼意思啊？」

孟森笑了笑說：「孫副市長，我可沒別的意思啊，這是海川的慣例，企業有項目要開工，自然會請一些有權威的領導到場講個話，祝賀一下什麼的，請您出席自然該有車馬費，這個是一向的規矩，可不是要設局害您的。」

孟森猜到孫守義在擔心什麼，趕忙作了解釋。

但是孟森就算是解釋得再合理，孫守義也沒要拿這個錢的意思，他跟孟森目前雖然有融冰的趨勢，但是他並不相信這個流氓起家的人，無論如何他都不能給這個人抓到什麼把柄的。

孫守義笑著把信封退了回去，說：「我不管什麼慣例不慣例的，我出門都是政府派車，不需要自己出車馬費的。」

孟森笑了，說：「您不會這麼點面子都不給吧？」

孫守義笑笑說：「如果你堅持的話，我可以把這個車馬費交上去，就當給政府車隊出油錢了。」

孟森搖搖頭說：「那就算了，既然孫副市長堅持，我還是不給您添這個麻煩了。」

孟森就把信封收了回去，然後就跟孫守義道別了。

孟森走後，孫守義越想越氣，這個孟森還真是會打蛇隨棍上，跟自己算是纏上了，這樣一樁樁事情出現在海川市市民面前，他們會一再把自己跟孟森連結起來，這可不是孫守義願意看到的。

他既不想讓外人覺得他跟孟森搞得像敵人一樣鬥得你死我活，卻也不想跟孟森老是連在一起，像朋友一樣。

孫守義就把劉根叫了過來，他不能把心中的惱火對孟森發作，就想教訓一下劉根，出口氣。

劉根進來了，看著孫守義說：「孫副市長，您找我？」

孫守義把孟森送來的請帖摔到了桌子上，說：「孟森是怎麼回事啊？你也不問我就告訴他我那天有時間啊？」

劉根有點搞不清楚怎麼回事，他以爲孫守義跟孟森矛盾的那一頁已經算是揭過去了，因此在孟森打電話問孫守義那天有沒有時間的時候，他就很隨意的告訴了孟森。現在看來他的這個做法是錯誤的。

劉根趕緊說：「對不起啊孫副市長，我當時沒考慮那麼多。」

孫守義瞪了一眼劉根，說：「你就是這樣子給穆廣做秘書的啊？你也不動腦子想一想，這個時候孟森邀請我，我是否會答應啊？這種事情你也不事先請示我，就敢隨便回答他？你這個樣子鬧得我一點考慮的餘地都沒有，知道嗎？」

劉根低下了頭，說：「對不起，孫副市長，我錯了。」

孫守義教訓說：「這種事情你要多跟傅華學學，要多動動腦子。我想要的是一個事先就把問題想好了的秘書，而不是一個事後認錯的秘書，事後認錯有什麼用啊，那個時候什麼都晚了。」

劉根的頭更低了，說：「我知道了，孫副市長。」

孫守義感覺教訓得夠了，他心裏的氣也發洩得差不多了，這才說：「行了，你出去吧。」

劉根出了孫守義的辦公室。

孫守義剛才在罵劉根的時候他提到了傅華，就想要不要把目前跟孟森之間的事情跟傅華做些解釋，可是想了想之後放棄了，他還沒找到徹底解決孟森的辦法，現在說什麼都是很無力的，這時候就算是跟傅華做什麼解釋，傅華也不一定會相信的。

幸好做領導的也沒必要跟屬下解釋這個解釋那個的，還是不去費那個口舌了吧。

興孟集團開工典禮現場，人頭攢動，彩旗飄揚，廣告氣球拖著寫著祝賀詞的五顏六色的綢帶，高高的飛在空中，一片熱鬧景象。

孟森穿著一套剪裁得體的西服，紮著豔紅的領帶，滿臉喜色站在典禮臺上。

九點多一點的時候，公司的工作人員跑來在孟森耳邊說道：「孫副市長來了。」孟森看了一下手錶，時間剛剛好，就趕忙帶著現場的人迎了出去。

作爲開工典禮來說，能請到什麼級別的領導，往往是能說明這個公司的實力。雖然孟森跟孟副省長關係還不錯，不過跟海川市的領導們的關係就沒那麼鐵了。

尤其是張琳和金達這些實力人物，根本就不願跟孟森扯上關係，孫守義能夠來現場給他剪綵，實在一件是令孟森臉上有光的事情。

孫守義發表了熱情洋溢的講話，充分肯定了興孟集團對海川市經濟發展的重要性，還說孟森是海川民營企業家的代表人物，總之，給了興孟集團和孟森高度的評價。

典禮結束後，孟森設宴款待來的貴賓們，孫守義也留下來了。

酒宴上的氣氛很熱鬧，大家很放鬆，有客人講著帶葷的段子，酒桌上不時爆出一陣會心的笑聲，連孫守義都跟著笑了起來。

孟森陶醉在這美好的氛圍之中，孟森相信他能有今天，是上天給了自己一個出頭天的機會，而自己恰到好處的抓住了。

想到這裏，有點微醺的孟森轉過頭來看看一旁的孫守義，問了一句令孫守義有點摸不著頭腦的話：「孫副市長，你相信宿命嗎？」

孫守義愣了一下，他不清楚孟森問自己這句話是什麼意思，他是要譏笑什麼嗎？還是真的問自己相信不相信宿命？

不管孟森說這句話的真實意圖是什麼，孫守義都感受到了很強烈的諷刺，他是政府官員，本應爲了市民主持正義，剷除孟森這種惡勢力的，但現在，他不但沒有出手剷除他，相反還跟孟森把酒言歡。

孟森說宿命，是不是想要諷刺他孫守義無法拿他怎麼樣，只好認命了呢？

孫守義臉上有點發燒的感覺，他心裏很想告訴孟森，你一個流氓問什麼宿命啊？這世上當然是有宿命的，這個宿命就是作奸犯科的人一定會受到懲罰的，你不用囂張，你該得的報應，總有一天會來的。

但這些只是孫守義內心的話，他並沒有說出來，他今天既然來參加了孟森的開業典禮，就是一種示好的表示，因此他只是看了孟森一眼，笑笑說：

「孟董，你怎麼突然這麼問啊？什麼意思啊？」

孟森笑笑說：「是這樣的，孫副市長，我小的時候家裏很窮，吃不飽穿不暖，可爸爸媽媽老是告訴我，說我會有出息的，因爲他們在我還不怎麼記事的時候找過人給我算過命，說我一定會出人頭地，成爲大老闆的。」

孟森還真是想跟自己談人生的宿命問題，孫守義笑了起來，說：「這算命的很靈啊，你現在不就是大老闆了嗎？」

孟森感嘆著說：

「是啊，我現在是成了大老闆，應驗了算命先生所說的。但以前我是不相信的，我初踏入社會時，也過了一段苦日子，我書讀不好，所以沒辦法靠學歷改變命運，剛開始只能幹一些出賣苦力的工作，每天上班下班，日子平淡的跟水一樣。幸好這個時候我想起了那個算命先生的話，我不該過這種日子的，我應該是大老闆啊，我就決定不再做那種辛苦卻不賺錢的工作，跑出來闖天下，於是才有了今天的成就。」

孫守義聽得出來孟森語氣中的自傲，心裏不覺有點好笑，這個流氓出身的傢伙竟然覺得自己功成名就了，還在他這個副市長面前吹噓，真是有意思。

孟森接著說道：「我現在回過頭想想，幸好當初算命先生的話，才讓我有了出來闖的動力；如果當初算出來的結果，說我這輩子應該是個窮光蛋，那我又會怎麼樣呢？」

孫守義笑了笑說：「我不知道該如何回答你的問題，不過不管怎麼樣，我相信孟董都不會是一個甘於平淡的人啊。」

孟森點點頭，說：「孫副市長您這話說得很對，我骨子裏就不是一個安分的人，不管什麼樣的命運，我都不會是老老實實的，但是不是今天這種成就，就很難說了。所以我有點被弄糊塗了，我有今天，是因爲命中早就注定了？還是我不甘平淡的個性使然呢？孫副市長，您是北京來的，又讀過很多書，我想您肯定比我有頭腦得多，您告訴我，這人究竟是有宿命還是沒宿命啊？」

孫守義笑了起來，說：「孟董，你這個問題問得好大，據我所知，目前還沒有一個人能夠提出強有力的證明，說這世界上究竟是有宿命還是沒宿命。你問我，我也說不清楚啊。」

孟森說：「看來還真是無法搞清楚這個問題的答案啊。」

此時有人站起來敬酒，兩人的話題就被錯開，再也沒重新提起了。

當天晚上，孫守義一個人躺在床上孤枕難眠的時候，這個宿命的問題突然在腦海裏蹦了出來。

在孟森跟他談這個問題的時候，他還沒覺得什麼，此刻，他突然覺得孟森的問題喚起了他心底很強的共鳴，讓他揮之不去。

其實，孫守義小時候家裏也很窮，他的家在一個很僻遠的山區中，他的父親只能賺取一點微薄的收入，這點錢養家活口都很困難，更別說給子女提供優裕的生活和學習條件了。

這也是爲什麼孫守義會接受面貌很醜的沈佳的主要原因，他知道要飛黃騰達，光憑他在學校的刻苦學習是不夠的，他如果要進入到上流社會，真正成爲上流社會的一份子，就要付出一定的代價。就算是比接受沈佳更大的代價他都願意付出。

此刻，孫守義心中對孟森的敵意已經沒有那麼重了。因爲在某種程度上，孫守義感覺自己其實跟孟森是一路人，他們都是爲了改變自己命運不擇手段的人，只不過分屬黑道白道不同的環境而已。

這是宿命嗎？還是他們不甘平淡的性格使然？這個問題讓孫守義十分的困擾，好長時間都沒能睡著。

手機在深夜中響了起來，打破了夜的寂靜，鈴聲顯得分外的刺耳。

孫守義抓起電話，看了看上面的號碼，是林珊珊的，就接通了。

林珊珊說：「你這麼快就接了電話，沒睡著吧？在想什麼呢？」

孫守義說：「沒想什麼，我只是剛回來，還沒睡。」

孫守義覺得跟林珊珊探討宿命的問題很可笑，林珊珊從來不是一個對生活認真的人，跟她探討這麼嚴肅的問題不但沒什麼意義，還會讓她覺得莫名其妙。

林珊珊笑笑說：「你這傢伙，就沒想我啊？」

孫守義說：「當然想了，不過這會兒沒想。」

林珊珊抱怨說：「去！你們這些臭男人，女人只要不在你們身邊，你們就根本把她忘到耳朵後面去了。」

孫守義知道跟女人說起這個話題，是永遠纏夾不清的，就笑笑說：

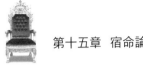

「好了，珊珊，你這麼晚打電話來，不會只是爲了向我興師問罪的吧？」

林珊珊笑了，說：「當然不是了，守義，告訴你一個好消息，我會跟中天集團的工作人員重回海川，這次我父親不會跟著，所以我會自由很多，我們就有更多機會幽會了，怎麼樣，聽到這個消息高不高興啊？」

孫守義當然很高興，他也確實很想林珊珊，一個男人孤身在異鄉，夜深人靜的時候，自然是很盼望心愛的人出現了。

而且孫守義現在對海川熟悉多了，可以偷著安排跟林珊珊幽會而不被人發覺，就笑笑說：「我當然高興了，珊珊，你什麼時候來啊？」

林珊珊說：「別急，後天中天集團的人就要到海川去了，所以後天晚上我們就能相會了。」

孫守義說：「那太好了，我讓秘書把後天晚上的活動都給推掉，專心等你來，到時候好好伺候一下你這個小妖精。」

林珊珊高興地說：「那我就等著你伺候啦。」

兩人又說了些情話，直到感覺有點睏了，林珊珊才說：「守義，你明天還要上班，我也睏了，掛了吧。」

孫守義卻還有些意猶未盡，他忽然想到林珊珊出現在自己的生活中，是不是老天爺看他選擇了沈佳很可憐，所以故意安排林珊珊來補償他的呢？換句話說，林珊珊的出現，是不是也是一種前世的宿命呢？

孫守義不禁脫口問了句：

「珊珊，你相信宿命嗎？」

林珊珊因為發睏，腦子裏得已經開始有點混沌了，無意識的回說：「什麼宿命啊，守義，你在說什麼啊？」

孫守義說：「我是想說，你覺得我們相遇是不是一種宿命啊？」

林珊珊打著呵欠說：「你怎麼問這麼這麼深奧的問題啊，我很睏，想睡了，明天再回答你這個問題好不好。」

孫守義也覺得自己有些好笑，他被孟森這個宿命問題搞得魔障了，竟然問起林珊珊來了，以林珊珊懶散的個性又怎麼會給他一個滿意的答覆呢？

於是孫守義笑笑說：「算了，這個問題當我沒問過，你睏了就趕緊去睡吧，晚安。」

林珊珊說了聲晚安，就掛了電話。

孫守義想了半天也沒想出一個令自己滿意的答案，最後罵了一句孟森害人，放棄思考這個問題，很快就睡著了。

請續看《官商鬥法》II 2神奇第六感

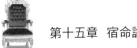

# 官商鬥法 II 一 權力障眼法

作者：姜遠方
發行人：陳曉林
出版所：風雲時代出版股份有限公司
地址：105台北市民生東路五段178號7樓之3
風雲書網：http://www.eastbooks.com.tw
官方部落格：http://eastbooks.pixnet.net/blog
Facebook：http://www.facebook.com/h7560949
信箱：h7560949@ms15.hinet.net
郵撥帳號：12043291
服務專線：(02)27560949
傳真專線：(02)27653799
執行主編：朱墨菲
美術編輯：風雲時代編輯小組

法律顧問：永然法律事務所 李永然律師
北辰著作權事務所 蕭雄淋律師

版權授權：蔡雷平
初版日期：2016年3月
初版二刷：2016年3月20日
ISBN：978-986-352-290-4

總 經 銷：成信文化事業股份有限公司
地　　址：新北市新店區中正路四維巷二弄2號4樓
電　　話：(02)2219-2080

行政院新聞局局版台業字第3595號 營利事業統一編號22759935


定價：280元　　特惠價：199元


國家圖書館出版品預行編目資料

官商鬥法 II / 姜遠方 著. -- 初版. -- 臺北市：
風雲時代，2016.01 -- 冊；公分

ISBN 978-986-352-290-4（第1冊；平裝）

857.7　　104027995